ダッシュエックス文庫

学校一の美少女と親友同士の恋愛相談に乗っていたら、いつのまにか彼女が誰よりも近い存在になってた件2

鉄人じゅす

CHARACTER

※朝比奈アリサ

Alisa Asahina

学校一と言われるほどの容姿と
スタイルを持つ美少女。
幼馴染みの雫のことが大好き。
別の高校に進学した幼馴染みの心と
兄の静流が付き合い始めた際の悩みを
涼真が解決してくれたこともあり、
好意を寄せるようになった。

小暮涼真※

Ryoma Kogure

平凡な高校生だが、料理や家事が得意で
幼馴染みで親友の獅子からは
非常に信頼されている。
久しぶりに再会した紬からの信頼も厚く、
妹であるひよりを溺愛している。
獅子から恋愛相談を受けて奔走する中で、
アリサと"親友"になった。

Tetsubito Jusu
Presents
Illustration by
Tantan

大月雫

Shizuku Otsuki

家庭的な性格をした
アリサと心の**幼馴染み**。
獅子と付き合い始めてから男子の間で、
人気が上がっている。

柊紬

Tsumugi Hiiragi

涼真や獅子と**幼馴染み**で、
十年ぶりに再会した。
お尻が大きく、太ももが太いのを
すごく気にしている。

水原心

Kokoro Mizuhara

アリサと雫の**幼馴染み**で、
水泳のオリンピック候補生に
選ばれる**天才少女**。
アリサの兄である静流と交際中。

平沢獅子

Reo Hirasawa

涼真とは**幼馴染みで親友**。
紬とも幼馴染みだが、
度々喧嘩している。
雫のことが大好きで、
告白を成功させた。

小暮ひより

Hiyori Kogure

涼真とは年の離れた**兄妹**。
『魔法少女キュアキュア』が
大好きな**5歳児**。

朝比奈静流

Shizuru Asahina

アリサの一つ年上の兄。
心と同じスポーツ強豪校で
寮生活を送っている。**心は彼女**。

第一章

「幼馴染みが帰ってきた」

「ふわああああああああ……」

僕はくたくたになってアリサの家を出て帰路についていた。

アリサと親友同士になったことから家事代行のお仕事を開始。時給の良さに釣られて軽い気持ちで家に行ったら学校一の美少女の甘える宣言に僕の頭は混乱していた。あの後も二人きりで映画を見たりと、かなり甘い空間が広がっていたと思う。正直かなり楽しかったし……ドキドキもしたり。アリサの私服姿ってほんと似合ってるんだよな。

変に意識しちゃダメだ！　あっちは僕のこと親友としか思ってないのだし、僕だって……。

僕の気持ちはどうなんだろう。

「まぁいいや。ひよりを愛《め》でてこのモヤモヤを晴らそう」

ごちゃごちゃ考えてるうちに自宅へ到着した。

汗《あせ》を拭《ふ》いて、息を整えて、何事もなかった雰囲気《ふんいき》を装って自宅の扉を開けるとリビングから楽しそうな声が聞こえる。玄関の靴。母さんに父さんにひより。今日は早く帰ってきてたのか。

そして見慣れない靴が置かれていたのだ。獅子《れお》の靴でもないし、誰だろう。お客さんだろうか。僕は通学鞄《かばん》を床に置き、リビングの扉を開く。そこには父と母とひより……そして同い年くらいの女の子がいたのだ。

「おかえり」

「にーにー、おかえり」

「ああ、ただいま。えっと……その人は」

僕の存在に気づいて、女の子は椅子《いす》から立ち上がり僕の側《そば》に寄る。黒髪ロングが印象的で可《か》愛《わい》らしい顔立ちをした同年代の女の子だった。アリサに匹敵《ひってき》するくらいの美貌《びぼう》に少し動揺してしまう。でも僕を見る目はくりくりとしていてとても柔らかい。

「お久しぶりだね……涼真《りょうま》」

「へ？　えっと……ど、どちらさまでしょう」

「もう、わたしは涼真のことが一発でわかったのに……。でも背も伸びたし格好《かっこう》良くなって見違えたよ」

「え」

何だろうか、その声色《こわいろ》に覚えがある。僕はこの子に会ったことがあるんだ。それもかなり昔に。下手すれば十年近く前か。

「髪も伸びたし……やっぱり気づかないよね。昔一緒に遊んだんだけどなぁ。涼真と……獅子と」

「……あっ！」

そこでようやく思い出した。五歳のあの頃まで僕には幼馴染《おさなな じ》みが獅子を除いてもう一人いた。当時から元気いっぱいでやんちゃな獅子とマイペースで体を動かすのが大好きな女の子。そして僕の三人で遊んでいたんだ。その子の名前は。

「……紬《つむぎ》」

「うん、思い出してくれた？　そうだよ紬だよ！」

彼女の名は柊《ひいらぎ》紬。向かいの家に住んでいた幼馴染みだ。昔はずっと紬と獅子と一緒に過ごしていたんだ。でも紬が家の都合で引っ越してしまい、それっきりになっていた。

「ど、どうして君がここに」

「柊さんのご両親が海外出張でしばらく日本を離れるらしいの」

母さんが補足するように言う。

「紬ちゃんをどうするかって話になって、親交があったウチで預かることになったの」

「えっ！　僕そんな話聞いてないんだけど」

「涼真をびっくりさせようって話でな。紬ちゃんとは特に仲が良かったじゃないか。こんなに可愛くなってて嬉《うれ》しいだろ」

父さんが悪びれる様子もなく言う。

「じゃあ、もしかして彼女はここに住むのか？」

「うん。でもびっくりした。さっき着いたらひよりちゃんが出迎えてくれるんだもん。可愛い妹がいていいなぁ」

「ひー、つむぎおねーさんと遊びたいっ！」

ひよりはまだ五歳だから、彼女は当然、知るはずもない。というか幼馴染みとはいえ、同い年の女の子と一緒に住むのか。

「わたしね、涼真と昔話をしたいの！　楽しかった思い出をいっぱい」

彼女に詰め寄られて、慌《あわ》てる。まさか幼馴染みがこんなに可愛くなってるなんて思わなかった。久しく会ってないんだ。普通りに話せるはずもない。

「ちょ、ちょっと落ち着いてください。まだ僕は混乱していて。柊さん、話なら後でもできると思いますし！」

その言葉に彼女は唖然《あぜん》とした顔をして首をかしげた。

「涼真、何でそんな変な口調なの？　昔は普通だったよね。あの時みたいに紬って呼んでよ」

「えっと……僕は今、女子にはこの口調で接していて……」

「女子って。幼馴染みなんだからそんな話し方をする必要ないでしょ。昔みたいに紬って呼んでよ。他人行儀はやだ！」

「あ……」

彼女の言うとおりだ。同じ屋根の下で住む以上、彼女に対して距離を置くのは違う気がする。幼馴染みってことを考えれば親友に近い存在だし、いいよな……。僕は一つ息をついた。

「わかったよ。紬、本当に久しぶりだ。会えて嬉しいよ」

「うん！　それでこそ……涼真だよ」

その笑顔が昔の紬と変わっていなくて、本当に良かった。

「そうだ。獅子にも会おうよ。久しぶりに三人で」

僕は急いで獅子を呼ぼうと隣の家へ駆けだそうとする。だけど手を引っ張られて、止められてしまう。僕を止めたのは紬だった。

「獅子はいいよ。あの時喧嘩《けんか》別れしちゃったし、今更《いまさら》そんな話すこともないし。わたしが話したいのは涼真だけなんだ。ずっと十年間涼真との思い出にすがってきたの」

「え？」

「でも確かにお話は後でもできるね。一緒に住むんだし落ち着いたら話そ。じゃあ、ひよりちゃん。おねーちゃんと一緒にお風呂入ろっか！」

「入るーっ！」

そのまま紬はひよりを連れて、お風呂の方へ行ってしまったのだ。

「涼真、明日から学校でも紬ちゃんのことをよろしくね」

母さんから言われて、嫌な予感がする。

「学校でもよろしくって……まさか！」

「今日からこの学校に転校してきました柊紬といいます。よろしくお願いします」

「おおおおっ！」

紬の可愛らしさに当然、男子たちが沸く。まさか同じ学校に通うことになるとは……。しかも同じクラスだなんて全然知らなかった。

「ぽかーん」

獅子が紬を見て、言葉まんまの顔をしているじゃないか。やっぱり事前に言っておくべきだったかも。まぁ、幼馴染みとはいえ僕は男で紬は女の子。これから大きく関《かか》わることもない。

「柊さんはどのあたりに住んでるんですか！」

クラスメイトの声に紬は両手を合わせてニコリと笑った。

「えっと、今は涼真の家に居候《いそうろう》してます！」

「ぶっほっ！」

その正直さに噴《ふ》いてしまい、当然クラスメイトの注目を浴びてしまう。

「えっ、小暮《こぐれ》と柊さんってどういう関係なんだ？」

そんな質問に紬は両手を頬《ほお》に当て、恥《は》ずかしそうに答える。

「わたしと涼真は幼馴染みで小さい頃ずっと一緒でした。昔一緒にお風呂入った時にね」

「ちょちょちょ紬、何言ってんの⁉」

「大人になったら結婚しようって約束するような仲なんです」

「きゃあああああ」

とんでもない発言に男女問わず周りから声が上がる。紬のやつ……大きな爆弾を転校早々投げ込みやがった。

ベキッ！

僕の後ろで何かを折る音が聞こえる。何だろうか凄《すご》く嫌な予感がして振り返ることができなかった。僕の後ろの席にはアリサしかいないのに不思議だなぁ。そして僕のスマホにメッセージが入る。チラリと覗《のぞ》くと。

「お は な し き か せ て ほ し い な」

文字からここまで暴力的な雰囲気が漂ってくるのは初めてのような気がする。

休み時間になり、僕は紬の手を引っ張って教室の外に出た。クラスメイトの歓声が聞こえたが変に問い詰められるよりはマシだ。

どうしてこうなった。数カ月前まではそういうのとは無縁《むえん》で空気と思われていた僕がクラスの注目を集めることになるなんて。それもこれも獅子やアリサ、そして紬と関わることになってしまったからだと思う。人通りの少ない階段口で止まる。

「もう、涼真ったら強引なんだから」

「その割に嬉しそうだね……」

「昔もこうやって手を引っ張ってくれたよね。あの時もわたしすごくドキドキしたんだよ」

「紬が大型犬を驚かせたせいで追いかけられた時のことを思い出したよ」

あの時は僕もドキドキした。食べられるんじゃないかと本気で思ったからね。慌てて走ったので少し息を切らせつつも紬は笑顔を見せていた。

黒髪ロングでおっとりした雰囲気の風貌《ふうぼう》から清楚《せいそ》なイメージを持たれがちだがこの子はかなりアクティブな子である。十年前と変わらなければの話だけど。

「それにしてもなんてことを言ってくれたんだ」

僕は思わず頭を抱えてしまう。

「さっきの自己紹介のことだよね。わたし、嘘《うそ》は言ってないよ」

「お風呂の話は言わなくていいでしょ！」

「ええ～」

紬が恥ずかしそうに顔を赤らめる。

「涼真がよく嫌がるわたしを無理やりお風呂場に連れ込んでたじゃない。あの強引なところ、わたしは忘れないよ」

「おかしいな。僕の記憶と違いがあるなぁ。水が苦手で風呂に入るのを嫌がる紬をおばさんに頼まれて僕が仕方なく一緒に付き合ってあげたよね。逃げようとするから強引に引っ張ってたんじゃないか」

「も〜。そういう記憶は都合よく変えるものだよ」

「紬に都合の良い記憶にするのは勘弁《かんべん》して⁉」

「そんなにまずかったかな？　もしかして……恋人がいるとか」

「……いないよ」

一瞬だけアリサの顔が浮かんでしまったが慌てて頭を振ってかき消し、否定した。

アリサは親友なだけでそういう関係じゃない。……なのに彼女に知られるのを恐れてしまうなんて、失礼な思い上がりだ。

「いなかったとしても勘違《かんちが》いされるのは困る。ああいうのは勘弁してよ」

「……そうだね。ごめんなさい」

紬がしおらしく謝罪の言葉を放つ。十年前の紬だったら笑いながら謝りそうなものだけど、本当に反省しているようだった、僕もちょっと言い過ぎただろうか。

「わたし、この学校では上手《うま》くやっていきたいから」

「へ？　それってどういう」

「こんな所にいやがったか。涼真、そして紬」

「獅子」

現れたのは僕と紬の幼馴染みの獅子だった。紬とは十年ぶりの再会だ。正確には十年ではないのだけど、幼稚園を卒業し、小学校に入る直前まで僕たちはいつも一緒に過ごしたんだ。紬の顔つきがやんわり笑顔の美少女から冷淡なものに変わる。

「あなたが獅子なんだ。泣き虫、お漏《も》らし、逃げ足の獅子がこんなに大きくなるなんてね。十年ってやっぱりすごいねぇ」

「はん。そういうおまえは十年変わらず性格悪いよな。転校早々、涼真に迷惑かけてんじゃねーよ」

見えない火花が出ているようだ。幼馴染みは仲良しってのが通例だけど獅子と紬は昔からこんな関係だ。十年前もこんな感じで毎日のように喧嘩をしていた。喧嘩するほど仲が良いというレベルではない。常《つね》に競い合っていて、間に入る僕の苦労を想像してほしいもんだ。

「獅子くん大丈夫?」

そんなこんなで大月《おおつき》さんまでやってきてしまった。獅子と大月さんの仲睦《なかむつ》まじい会話を聞いて、紬は視線を飛ばしながら無言で何かを考えていた。そして手を叩《たた》いて声を上げた。

「もしかして二人って付き合ってるの!?」

「そうだけど」

「へぇ……あの獅子がこんな可愛い子と。ちょっと雰囲気が涼真っぽくてわたしも好きになりそうかも」

「小暮くんぽい？　え、それは嫌かな」

大月さんがとても嫌な顔をする。それ、僕に対して失礼じゃない？

「小暮くんが嫌というのは半分冗談として」

「半分なんだ……」

「柊さんだっけ……。小暮くんが前に言ってた幼馴染みって獅子くんと柊さんのことだよね」

「ええ。大月さんにとってのアリサや水原《みずはら》さんと同じような関係ですね」

「でも獅子くんと柊さんは大喧嘩したって」

そうだ。その話を大月さんにはしていたんだった。まさか紬が帰ってくるとは思わなかったから普通にしちゃったけど。

「この感じだとそんなに大きな喧嘩じゃなかったのかな？」

「そんなことねーよ！」

「うん、わたしたちにはとても大事なことだったよ！」

獅子と紬は強く大月さんに訴える。あの大喧嘩の話はできれば蒸し返さないでほしい。確かに大きな喧嘩だったんだ。だけど内容は大っぴらにはしたくないこと。特に僕にとって。

まぁ……あんなことで喧嘩した二人も今となっては言わないだろう。

「何がきっかけで喧嘩したの？」

その予想は覆《くつがえ》され、大月さんの質問に二人は大きな声で答えた。

「どっちが涼真を」

「お嫁さんにするか言い争ったの！」

「え、くだら……」

大月さんは途中まで言って口を噤《つぐ》んだ。そこまで言ったらわかるよ。確かにくだらない。でもこの二人は本当にそれで大喧嘩したんだ。この時の僕の気持ちを察してほしい。僕のために争わないで、とか言うべきなの。アホか。しかもお嫁さんなのがなんとも言えない。

「言っておくけど今でもあの喧嘩で負けたとは思ってねーからな」

獅子も負けず嫌いなので紬に対して対抗意識を露《あらわ》にする。しかし……それが良くなかった。

「え、じゃあ獅子くんはわたしじゃなくて小暮くんを選ぶんだ」

「ち、違っ！　雫《しずく》っ！」

彼女がいるのにそんなことを言ってはいけない。寂《さび》しそうな顔をする大月さんに獅子は滝のように汗を流して慌て、やがて項垂《うなだ》れた。

「っ！　お、俺は……彼氏として雫を選ばなければならない」

何でそんな苦しそうなんだよ。

「へぇ、じゃあ獅子は涼真を諦《あきら》めるんだね。わたしの勝ちってことね」

紬が勝利を確信する。獅子は僕の両肩に手を置いた。

「すまん涼真。俺、涼真を嫁にしてやれない」

「うん、しなくていいよ。ってか絶対しないでよ」

「俺には雫がいるから」

この意味のわからない茶番を何とかしたい。大月さんが僕を見て優越感に浸《ひた》ってるし、みんな結構、性格悪いな！

「涼真をお嫁さんにするのは……わたし。な～んて」

「そんなのだめっ！」

大声にびっくりして目を向けると、アリサが慌てて突入してきた。もう無茶苦茶だよ！

「あなたは……」

「涼真は絶対、渡さないんだから！」

アリサが大声を上げて、僕の名前を呼んでくれること。凄く心に染《し》みる。大したことではないはずなのにとても嬉しい。こんな意味のない話はそろそろ止《や》めよう。そう口に出そうとしたその時、紬がアリサの両手を摑《つか》んだ。

「あの……わたしと友達になってくれませんか！」

「え」

紬を除く全員が声を上げる。

「初めてあなたを見た時、びっくりしたんです。艶《つや》のあるプラチナブロンドの髪に柔らかな白《しら》肌《はだ》……、スタイルも良いし、こんな綺麗《きれい》な女の子を見たことないって」

「ちょ、……えっと」

突然のことにアリサも慌てていた。

「だから！」

アリサはぱっと離れて、紬から距離を取る。

「ひ、否定はしないけど……あなたもしかして同性が好きなの？」

その言葉に紬はきょとんとした顔をした。

「いえ、好きなのは涼真だけだよ」

アリサからみしっという重低音が響いた気がした。多分勘違いだろう。紬はそっとアリサに寄る。

「わたしい、より綺麗な人が側にいれば今回の学園生活は楽しめると思うから」

その言葉を言う時、紬の愛らしい瞳《ひとみ》が少しだけ濁《にご》っているように見えた。それは勘違いかもしれないし、ほんの一瞬だったので見間違えたのかもしれない。


昨日はほんと大変だった。クラスに戻ったらいろんな人から詰問《きつもん》されるし……。紬とは幼馴染みで親同士の仲が良かったから預かってるだけ。これで貫《つらぬ》き通した。問題はやっぱりアリサだよなぁ。話聞かせろってメッセージを送られてきたけれど、ちゃんと話せていない。

大騒ぎのまま放課後を迎え、部活動へ行き、その日の家事代行は大月さんがやるので僕はそのまま帰宅した。アリサには弁明の言葉もメッセージも送れていない。そもそも弁明する必要があるのだろうか。別に僕とアリサは普通の男女友人関係……。

（これからは雫にしていたみたいにいっぱいいっぱい甘えるんだから、覚悟してよね！）

あの言葉は普通の友人に向けるものだろうか。ああ、もう！　普段通りの時間に寝ついたのに、早くに目が覚めてしまった。外の明るさからしてまだ朝の六時前後ってところだろうか。

しゃーない、ちょっと朝ご飯を豪勢にして……。掛け布団《ぶとん》をまくって起き上がろうとぐっと手に力を入れた時、柔らかい何かの感触があった。

「やぁん」

とても嫌な予感がした。そんなはずはない。ここは僕の部屋だ。女の子の声がするなんてあり得ない。またひよりが僕の布団に潜り込んだんだろうなぁ。でも五歳児がそんな艶っぽい声を出すかな。あはは……。

「駄目だよぉ涼真ぁ」

「ひょわあああああああっ！」

寝間着《ねまき》姿の紬が僕のベッドの中に入り込んでいた。

あまりの展開に脳が考えることをやめ、脊髄《せきずい》反射で布団から離れる。僕は何に触れたんだろうか。腕でも足でも頭でもない大きくて柔らかい物。漫画でよく見るラッキーシーンならアレで間違いないけど見なかったから違うと思いたい。

「ふわぁ」

紬は起き上がり、目をこする。まだ朝早いため睡眠時間が足りてないようだ。寝間着といってもラフなTシャツを着ており、紬の成長をこれでもかというほど強調させていた。

「何で紬がこの部屋にいるんだよ！」

「トイレ行った後に部屋を間違えたみたい。涼真がいるってわかったけど、まぁいいかなって」

「良くないでしょ!?　それで何で布団に入ってくんの？」

「昔、よく一緒の布団で寝たから良くない？　わたしたち幼馴染みだよ」

それは幼稚園時代の話だ。しかもその時は獅子も一緒だったし！

十年経《た》って僕たちは成長した。僕も獅子も成長したし、紬なんてびっくりするくらい綺麗に成長してしまった。

「おはよ、涼真！」

僕の布団の上で三角座りする紬がこてんと首を傾ける。しっとりとした黒髪が揺れ、ぱっちりとした瞳に見つめられてしまったら否応《いやおう》でも顔に熱が籠《こ》もってしまう。

「おはよう……紬」

結局、紬のあどけない笑顔に負けて怒るに怒れなかった。幼馴染みに弱いなぁ僕は。

「涼真の部屋、十年前もよく一緒にお泊まりしたけど……やっぱり落ち着くなぁ」

「昔はよくここで遊んだよね」

「うん、いっぱいお話ししたよね。お互いの夢のこととか。涼真は確か飛行機が好きだったから、部屋にはいっぱいの……あれ？」

「起きたわけだし、朝ご飯食べようか」

「え？　う、うん」

十年前はそうだったっけ。あの中学時代に全部捨てちゃったから忘れてたよ。

早起きしたわけだし、朝ご飯はしっかりしたものを作ろうか。そのうちに妹のひよりも起きてくるだろう。

「涼真、わたしも手伝うよ」

「紬って料理できるの？　あんまりイメージないけど」

「むー。おままごとしてる頃とは違うんだから」

そんなわけで朝食作りを紬に手伝ってもらうことにした。その危なげない手つきに、紬と離れていた年月を感じる。おままごとしてる時は普通に泥団子《どろだんご》食べさせようとしてきたし、獅子は問答無用で食べさせられていた。

そんな紬がフライパンに卵を落として器用に卵焼きを作っていた。背中まで伸びた艶のある髪をゴムでまとめていて、器用に箸《はし》を使っている姿は本当に絵になる。もし紬が幼馴染みとしてずっと隣にいたなら僕はどんな感情を抱いていただろうか。

「ボーっとして、どうしたの？」

「なんでもないよ」

でも現実は違うんだから。朝食の準備もできたので、いつものルーティンを行おう。

僕は制服に着替えて外へ出る。

「涼真、ご飯も食べずにどこに行くの？」

「起こしに行くんだよ。お隣さんにね」

「ああ……ったくあいつは」

紬はあいつのことになると口が悪くなる。が、もう一人の幼馴染み、平沢《ひらさわ》獅子を起こすために僕は獅子の家へ向かう前に一応聞いてみる。

「紬も起こしに行く？」

紬はにこりと笑った。

「行くと思う？」

「ですよね」

紬は十年前と変わらず、獅子との仲を深める気はないようだった。

「アリサちゃん、雫ちゃんおはよう！」

「おはよう、柊さん」

「……おはよう」

教室にたどり着き、紬はいの一番にアリサと大月さんを見つけて近づいていく。友達作りかぁ。転校生ってこういうところが大変だよなぁ。

「今日はいつも以上にチラチラ見られたよな」

はぁっとため息をつく獅子。学内のあらゆる女子の熱い視線を集める獅子は通学時でもその人気は変わらない。毎日のように手紙を貰《もら》い、他校の女子からもよく声をかけられている。でも今日は見られてはいたものの声をかけられることはなかった。

「横に紬がいたからだろうね」

「何で紬がいたら違うんだよ」

そりゃそうだろ。獅子に釣り合うレベルの美少女となった紬が側にいて、誰が声をかけてくるものか。まさに理想の男女って感じだったね。間にいた僕が空気と思われるくらいに！　会話の半分は言い争いなので遠くから二人を見るのが正しいのかもしれない。

「そりゃ……紬がその……綺麗になったからかな」

思うことは簡単だが口に出して言うとさすがに恥ずかしい。

「そうか？　雫の方が百倍可愛いだろ」

「獅子はブレないねぇ。まぁ大月さんにとっては嬉しい言葉だろうね」

「アリサちゃん、今日もすっごく綺麗だね！　どんなメイクしてるの！」

「え、えーと。ちょっと落ち着いて」

　自分の席に座った頃、アリサは紬に詰め寄られていた。迫ってくる男子にはキリっとした表情でバッサリと切ってしまうアリサだが、女子にはそんな姿を見せたことはない。敵対的な行動を取ればまた違うのだろうが、そんなことをアリサに仕掛ける女子はまずいないだろう。僕や大月さんにはポンコツなところを見せるけど、学校でのアリサはやっぱり女王様っぽいと思う。

「あのグループ、いいよなぁ。転校生の柊さんを加えてさらに目立つ感じになったよな」

「ああ、あの朝比奈《あさひな》アリサに匹敵するくらい美人なのがいいよな。朝比奈と違って男子にも気軽だし、愛嬌《あいきよう》もある」

　クラスの男子たちの声が聞こえてくる。アリサと紬が話してる側に、グループのギャルである三好《みよし》さんや的場《まとば》さんがやってきた。アリサが呼びつけたようにも見える。

「あいつらも獅子一筋だったけど、獅子に彼女ができてからは結構オープンになってきたよな。柊があのギャルたちに関わってどうなるか楽しみだぜ」

　僕は直接聞いたんだけどアリサが派手《はで》な格好を好むのはグループのギャルたちの影響があるらしい。自信がある子たちはいつだっていろんなことができるもんだ。

「そしてやっぱダークホースは大月だよなぁ。獅子と付き合って垢抜《あかぬ》けたっていうか。あんなに可愛かったっけ？　もっと早く目をつけておけば良かった」

　獅子の恋人となったことで大月さんの知名度は急上昇。地味な印象は消え、獅子やアリサの隣にいても見劣りしない存在感を示すようになった。詳《くわ》しくは知らないけど獅子のファンクラブを制御《せいぎょ》してるってアリサが言ってた。どういうことなんだろうね。

「頂点に君臨する朝比奈アリサ。その対抗の柊紬。クラスの人気者の座をゲットした大月雫。そしてギャルたち。あのグループはクラス……いや、学年を代表する女子グループとなるだろう」

僕の側で男子たちはその認識を確認し合うのであった。なんで。

「何で僕の側でそんな話をするの。獅子の席は向こうだよ」

今側にいるのは男子のクラスカーストトップの鈴木《すずき》、佐藤《さとう》、田中《たなか》の三名。常に獅子の側にいる取り巻きみたいな感じなのになぜか僕の周りでアリサたちを見ている。ほんの最近までは見向きもしなかったというのに。

「朝比奈と仲良くて、柊と幼馴染みなんて学校の二大美女を手に入れたようなもんだろ！」

「どうしたらそんな徳を積めるんだよ！」

紬と幼馴染みなのは徳だと言えるかもしれないけどアリサと仲良くなるには相当大変だった気もする。意図してもいなかったし。あの二人じゃなきゃすぐにでも彼女作れそうな男子たちがなんとも言えない顔をしている。

「それで小暮はどっち狙《ねら》いなんだよ。朝比奈か柊か！」

アリサと紬。親友と幼馴染み。その二人が僕の視線に気づいたのかこっちを見てきた。照《て》れたようにはにかみ小さく手を振るアリサと満面の笑顔で大げさに手を振る紬。今の僕にはまだその明るさを受け止めるだけの度量はないかもしれない。

「狙うなんて大層なこと考えたこともないよ」


時間は過ぎて、あっという間に放課後になってしまった。今日は男子グループ、女子グループに分かれてしまっていたため、あれからアリサや紬と話す機会はなかった。放課後は当然、バスケットボール部の練習がある。本気でやってる獅子と違って僕は流されるままのことが多かったけど、最近はわりと本気で練習に励《はげ》んでる気がする。

夜、暇《ひま》な時に走り込みをするようになったし、居残って獅子と練習することも増えた。その理由は一つ。

『みんなのために動く小暮くんは世界で一番格好良かったよ』

アリサにそう言われたことが理由に他ならない。嬉しかった。本当に嬉しかったんだ。僕には獅子のような素質はない。だから才能開花することもないだろう。でもアリサが褒《ほ》めてくれたプレイだけはもっと磨《みが》いていきたいと思う。

「ふう……」

部活の休憩《きゅうけい》時間。体育館の外に出て、水を飲みに行く。そういえば紬はどうしてるのかな。部活動を見に行くって言ってたけど。

「おおっ！」

大勢の驚く声にふらっと引き寄せられてしまう。どうやら陸上部のようだ。そこには体操着姿の紬の姿があった。

「あなた本当に未経験者!?　短距離も幅跳《はばと》びも凄いじゃない」

「昔から運動は得意なんです！」

今は陸上部に仮入部してるって感じだな。かなりの運動能力を示しているらしい。そういえば紬は小さい頃、獅子と同レベルの運動能力を持ってたっけ。獅子と紬についていくのがやっとの僕は自分のことを運動音痴《おんち》だと思ってたけど、あの二人が異常すぎただけだ。実際のところは、僕は平均以上だったよ。

「柊さん、是非《ぜひ》陸上部に！」

「一緒にやろうぜ！」

陸上部の男子たちが紬に迫り寄っていた。あれだけ可愛い子がやってきたら燃えるよなぁ。

アリサも最初はあんな感じだったんだろうか。

「っ！　わ、わたし次、テニス部に行くのでありがとうございました！」

紬はぶんと礼をして走り去っていく。男子部員と女子の部長かな、残念そうな顔で紬の後ろ姿を見つめていた。二人の背後には女子部員たちが集まっているようだけど……紬のやつ慌てて走っていったな。

「……まぁいいか」

今日は屋外の運動部を見るって言ってたっけ。さすがに帰りは会わないかな。まぁ会うわけもないんだけどね。そのまま部活動も終わり、日が沈む頃になった。

「獅子くん、お疲れ様」

「雫、待っててくれたんだな」

獅子の最愛の恋人が体育館にやってくる。もうバスケ部ではこのカップルのラブラブっぷりは有名なのでいつものことみたいになっていた。大月さんは園芸部だけど、時間に余裕がある時はこっちに来てマネージャーの仕事をやってたりする。相当に優秀でバスケ部も大助かりだ。

「小暮くん、今日お願いね。アリサはもう家に帰ってるはずだから」

「今日はカフェの方に行かなかったんですね」

「んー。まぁ……ね」

何だか歯切れの悪い言い方だ。獅子と大月さんが一緒に帰るということは僕がアリサの家の家事代行をしなければならない。今回が二回目だ。僕はアリサと二人きりで平常でいられるだろうか。

「今日は寄らないから二人きりでゆっくりとね。手を出してもいいけどほどほどにしてね」

「別に何もしませんけど！」

まぁいい。ちゃんとお仕事してお金を稼《かせ》ごう。そうすればひよりのためにキュアキュアのブルーレイディスクをいっぱい買えるんだ！　僕の天使のために頑張る。

「あ、涼真やっと出てきた」

「紬!? 何で」

着替えて校門を出たところに紬がいたのだ。

「も～、遅いよ」

「バスケ部は一番遅くまでやってるから待たずに帰って良かったのに」

「わたしもちょうど帰るところだったの。そしたら獅子と雫ちゃんがいてさ」

「まさかあの二人に声を……」

「あれは無理。ラブラブすぎてとても声をかけられる状況じゃなかった。わたしの声聞こえなかったと思う」

あの二人の、帰り道のバカップルぶりは一種の名物になりかけていた。僕がくっつけておきながらだけど、ちょっとどうかと思う。

「だから涼真を待ってたの。一緒に帰ろうよ」

何というか幼馴染みとはいえ女の子と一緒に下校する。最高のシチュエーションなんだけどタイミングが凄く悪い。このまま一度帰ってからアリサの家に行くか？　それは時間が無駄すぎる。晩飯《ばんめし》の時間が遅れるだけだし、アリサが怒ってしまう。

「どうしたの。変な顔して」

どちらにしろ紬と同居している以上、隠すのは無理だな。僕は諦めて話すことにした。

「アリサちゃんの家に家事代行のバイト!?」

「そうなんだ。紬には悪いけど途中で別れることに」

「わたしも行きたい！　ついていってもいい？」

「え!?」

予想もしない言葉に驚きの言葉が出てくる。

「さすがに紬の分のバイト代までは請求できないよ」

「違うよ！　わたしはアリサちゃんと仲良くしたいだけなの。一緒にご飯食べよ！　必要だったら食費は自分で出すし」

まさかこんな話になってしまうとは……。紬をこのままアリサの家に連れていっていいものか。

「アリサに聞いてみるけど、駄目って言われたら諦めてよ。——アリサんちは大きな家なんだ」

「そうなんだ！　美人なだけでなくお金持ちなんだね」

アリサにスマホで連絡をするが出ない。返信も来ない。なら仕方ない、連れて行くか。別に僕とアリサは付き合っているわけじゃない。紬を連れていったとしても大丈夫なはずだ。……二人きりが怖いとかそんな軟弱な気持ちもゼロではないけど。でも何かものすごく怒りを買う気がするのは気のせいだろうか……。

紬と一緒にこうやって歩くのは五歳の時以来だ。お互い成長したよなぁ。

そうだ、と思い出す。

「結局、部活はどうするの。しっくり来る部活とかあった？」

「うーん。どこも楽しかったけどねぇ」

「休憩中にたまたま見てたよ。陸上部とかいいんじゃないの？」

「見られちゃったかぁ。走るのも飛ぶのも好きだし……ありかもね。でも」

紬は首を横に振る。

「陸上部はないかな。多分入部しない方がいいと思う」

「どうして？　前の学校で紬は何の部活に」

「涼真、アリサちゃんや雫ちゃんはどの部活に入ってるの」

突然、僕は言葉を遮《さえぎ》られ、最後まで言うことができなかった。紬はにこりと笑ったまま自分の質問の答えを待っている。ふぅ。

「大月さんは園芸部だね。性格的に何かを育てたりするのが好きみたい。園芸部で作られた野菜は食堂で使われてるみたいだよ」

「そうなんだ！　園芸部かぁ。本人には言えないけどわたし向きではないかも」

「紬は運動部向きだもんね。アリサは今、何の部活にも入っていないよ」

「そうなの!?」

心底《しんそこ》驚いたようだった。

「アリサちゃん、体育の時間も凄かったよ。足が速くて、運動神経も良くて……わたしと対等以上に動ける子、初めて見たかも」

朝比奈アリサは美貌だけではない。運動能力にも秀《ひい》でており、入学当初のスポーツテストでも、その凜《りん》とした表情での華麗《かれい》な走りは皆が見惚《みと》れてしまうほど美しかった。

「アリサは本当にすごい子だと思う。でも周りが自由にはさせてくれないみたい。アリサと仲良くなりたい男子が押しかけて部活にならなかったんだって」

「ああ……そういうこと」

「あまり驚かないんだね。僕が聞いた時はかなり驚いたけど」

「アリサちゃんほどじゃないと思うけどわたしも……経験はあるから」

そこで僕は幼馴染みがとても美しく成長したことに改めて気づく。

同じクラスの奴《やつ》らが皆、紬に注目していた。一番人気は多分アリサなんだろうけど、アリサは男嫌いだし、基本男子には結構痛烈な言葉を投げつけるから最近は紬の評判が上がっている。

紬は誰にでも平等に優しく笑顔を振りまいている。

「アリサちゃんと同じ部活に入りたかったなぁ……」

「本当に紬はアリサを気に入ったんだね」

「うん！　今日もいっぱいお話ししたよ。まだ距離があるけど少しずつ仲良くなりたい。雫ちゃんとも仲良くなって獅子の悪評を……」

「それはほどほどにしてあげてね」

獅子に対してだけ紬はきつく当たる。いや……僕が知っている紬本来の性格と思っていい。十年経って……あそこまで落ち着くなんてね。そうこうしている内にアリサの邸宅に到着した。

「嘘でしょ……大豪邸だよ！」

「初めて来た時はびっくりするよね」

驚くほど立派《りっぱ》な邸宅だ。門も庭もしっかりしていて、ザ・お金持ちといったところだろう。あの時は雨の中、勝手に敷地に入って玄関扉を叩いたんだっけ。アリサが門を閉め忘れていなければ僕は門の前で立ち往生《おうじょう》していたかもしれない。

「アリサちゃんって本当にすごい子なんだね」

圧倒的な美貌に群を抜く運動能力。そして学年一位の頭脳な上に大金持ちの社長令嬢。ここまで揃《そろ》っている女の子なんてこの世にどれだけいるか。

「何か緊張してきた……。わたし来て良かったのかな」

「アリサから返信もないんだよね」

既読《きどく》もつかないからスマホを見ていないのかもしれない。寝ているのだろうか。合鍵《あいかぎ》は貰っているが、いきなり入って着替え中だとまずいので玄関の前で一応インターフォンを鳴らす。

するとトタトタと足音が聞こえてきた。アリサが開けてくれるのだろうか。

「アリサちゃんの部屋着ってどんななんだろう。お嬢様スタイルなのかな」

ワクワク顔の紬をよそに扉は開かれた。そう、学校の女王様朝比奈アリサは……。

「お、おかえりなさいませっ！　ご主人さまぁ！」

なぜかメイド服に身を包んでいた。

「何をやってるのアリサ……」

「えっとね。これにはその理由があってぇ。涼真がご主人様ってわけでぇ」

「まるで意味がわからないよォ！」

そうだ、思い出した。この子の本当の姿はいろんな弱点を持ってるポンコツ美少女だったんだ。なんで僕はアリサを神格視していたんだ⁉

「わぁ……！　アリサちゃんすっごく可愛い！」

「え」

デレデレとした表情を浮かべていたアリサは紬の言葉に我に返り、愕然《がくぜん》とした表情に。

「な、なんで柊さんがここに」

「アリサちゃんにこんな一面あったんだねぇ」

「あ……あ……見られた！　こんな姿を！　いやあああああああっ！」

アリサの悲鳴が轟《とどろ》き。間違いなく面倒《めんどう》なことになるんだろうなと思い、僕は空を仰《あお》いだ。

※アリサの焦り

Tetsubito Jusu Presents
Illustration by Tantan

それは先の騒動《そうどう》の一日前の夜のこと。

「なんで、なんで涼真《りょうま》の側《そば》にあんな可愛《かわい》い幼馴染《おさななじ》みがいるの！」

「そうだねぇ」

今日急に転校してきた柊《ひいらぎ》紬《つむぎ》という女の子。誰が転校してきてもそれほど気にすることはないと思っていたが片想いしている男の子と幼馴染みということなら話は別だ。その夜、その動揺を愛する幼馴染みの雫《しずく》にぶつけていた。

「し、しかも同じ家に住んでるなんて……。そんなの青春ラブコメじゃない！」

「向こうの方がアドバンテージがあるよね」

「幼少時の涼真を知ってるなんて羨《うらや》ましすぎる！　しかも涼真のことを好きだなんて……」

「いきなりのライバル登場だよね」

「同じ幼馴染みの平沢《ひらさわ》くんを好きだったら良かったのに。それだったら困らない」

「それはわたしが困るから！　アリサ、無茶苦茶なこと言ってない!?」

平沢くんの恋人である雫が大声を出すのはごもっとも。これはさすがに冗談のつもりだ。

「そんなこと言うならご飯おかわり禁止だよ」

「わあああっ！　ごめんなさい。それだけは許してぇっ！」

今日は家事代行のバイトで雫が夜ご飯を作ってくれている。現状、雫と涼真が日替わりで家事代行の仕事をしてくれることになっている。明日は涼真が来てくれるんだけどどんな顔をして会えばいいんだろう。あの柊って子と凄《すご》く仲よさそうだったし、明日から一緒に登校してくるんだろうなぁ。うぅ……涼真と一緒に登下校をしてみたい。何だか悲しくて涙が出てきた。

「せっかくの初恋だったのに……もう失恋するの」

「まだ小暮《こぐれ》くんが柊さんと付き合っているわけじゃないでしょ。それにアリサなら十分立ち向かえるでしょ」

「私……何にもないよ」

「おい、学校一の美少女。その顔とその胸で負ける要素ないでしょ！　アリサは一番可愛いの！　柊さんより可愛い！」

「雫の方が可愛いよ？　世界一」

「それはいいから。そんなこと言うのアリサと心《こころ》と獅子《れお》くんだけだし」

ちゃんと平沢獅子もわかってるのね。大月《おおつき》雫が世界一可愛い女の子だということを。むかつく男だけど雫を愛している気持ちだけは評価してあげるわ。

「わたしのことはいいの！　今はアリサのことでしょ」

雫たんに怒られた。怒る雫たんも可愛い。

でもどうしたらいいんだろう。涼真の側にいると顔が熱くなってドキドキするし……。昨日来てくれた時も雰囲気《ふんいき》良くなって、二人で映画を観《み》て、キスシーンがあった時、思わず見合ってしまった時のことを思い出しただけで顔が真っ赤になりゅううううう。

「今、アリサが何を考えてるか手に取るようにわかるよ」

「はっ！」

妄想《もうそう》が進んでしまっていた。昨日のことでドキドキして学校に行ったところがアレである。

急な幼馴染みの出現。

「しかもあの子に妙に懐《なつ》かれてるのよね……」

「アリサの見た目に憧《あこが》れたからでしょ。昔からいるじゃない」

この見た目は男子だけでなく、女子からも羨望《せんぼう》の的《まと》になる。そうは言っても簡単な話ではない。女子の方はだいたいいろんな思惑《おもわく》を持って近づいてくることが多いからだ。私を通して男の子に近づいたり、権力を持った気になったり……。そういう子に限って雫を邪険にするので大体その後は断絶している。

「わたしにも好印象っぽいんだよね。小暮くんに似てるって言ってたくらい」

「それは見る目あるわね」

「……残念ながらわたしはあんまり嬉《うれ》しくないんだけどね。わたしの一番の恋敵《こいがたき》って小暮くんだし」

嫉妬《しっと》している雫たん可愛い。だからこそ今のクラスの女子グループは安定していると言っていい。

よく会話するギャルの的場絵理《まとばえり》や三好真莉愛《みよしまりあ》は下心あって私に近づいたと思うけど、単純に会話をして楽しいし雫とも仲良くしてくれている。私にない知識を彼女たちが持っていたのでかなり影響され、服の好みも変わってきた。

私もたまにギャルって言われることあるし。気の良い子たちだ。意外だったのは雫が平沢くんと付き合い始めてから彼女たちと一層親密になったこと。あの二人は平沢くんに恋愛感情を抱いていたから嫌な予測もあったけど杞憂《きゆう》で本当に良かった。柊紬が雫に害を及ぼさないなら敵対する必要はない。

「柊さんとは仲良くした方がいいと思う」

「雫もそう思う?」

「柊さんにしたことはすぐ小暮くんに伝わると思った方がいいから。念のために獅子くんに話して探りを入れてはもらうよ」

「さすが雫！　頼りになる」

やっぱり雫は私にとって最強最高の親友だ。

「小暮くんのことを好きだって言ってたけど……アリサの好きとは違う気がするんだよね。わたしやアリサがお互いに思ってる好きと同じ感じかも」

「私は雫と結婚してもいいくらい好きだよ！」

「わたしは男の子と結婚したいからごめんね」

さらりと振ってくれるところも素敵《すてき》！　でも油断はできない。柊さんが本当に涼真を好きなら私にとって強力なライバルになるだろう。

「涼真の気を引くにはどうしたらいいんだろう」

「アリサの中身がバレて動じなくなってるところがあるもんね」

強気でキリっとしたイメージのある、学校での朝比奈《あさひな》アリサは正直作っている。だけど信頼する二人だけには素《す》の私を見せているのだ。

「明日は予定通りなら小暮くんと二人きりの夜だよね」

「うん……。柊さんのことについても直接聞こうと思う」

「だったら見た目変えてみよっか。ちょうどアリサに似合いそうなメイド服をこの前買ってね。はいどうぞ」

「何でメイド服!?」

雫の趣味の一つに私に似合いそうな服をバイトの給料で買ってきて着させるというものがある。自分は似合わないからって言っているがそんなこと絶対ない。でもサイズが合わないので私が着るしかない。

「家事代行のついでに小暮くんに料理を教えてもらうんでしょ。大丈夫！　一番えっちなやつを選んだからきっと小暮くんもメロメロだよ」

「料理とえっちに因果《いんが》関係なくない!?」

「柊さんに勝ちたいんだよね」

「それは！」

せっかくの初恋。初めて男の子に恋をした。ここまで好きになったことは今まで一度もなかった。できることは何だってやる。涼真の気を引いてみせる。

「雫、衣装をちょうだい。明日の夜までに着こなしてみせるから！」

「うん、その意気だよ！　でも先にわたしに撮影させてね」


昨日、結局雫にいろんなポージングで写真を撮られた。おかげでメイド服を着こなせるようになったと思う。放課後、すぐに家に帰ってメイド服を着用。部活後の涼真を出迎えるための準備をする。いっぱいシミュレーションをして涼真が私を見てくれるよう、考えたのだ。

スカートの丈《たけ》が短いし、胸元も緩《ゆる》いし……これ痴女《ちじょ》じゃないかしら。別に見られるのが涼真だけなら問題ない！　一応雫からはお守りも貰《もら》ったので襲《おそ》われても大丈夫。大丈夫じゃないけど。

今日は雫も家《うち》に寄らないと言っていたから邪魔は入らないはず。

「準備万端……。早く来て、涼真！」

その時だった。玄関のインターフォンが鳴ったのだ。門と玄関でインターフォンの音が違う。

玄関まで入ってこれる人は家族か雫、涼真しかいない。

だったら……。私はそのまま玄関の扉を開いて、事前に考えていたポーズを取る。

「お、おかえりなさいませっ！　ご主人さまぁ！　にゃ～ん」

「わぁ……！　アリサちゃんすっごく可愛い！」

「にゃ？」

そこには唖然《あぜん》とする涼真と……興味深そうに笑顔で私を見る柊さんの姿があった。

「な、なんで柊さんがここに」

「アリサちゃんにこんな一面あったんだねぇ」

「あ……あ……見られた！　こんな姿を！　いやああああああっ！」

しにたい。

＊＊＊　涼真視点　＊＊＊

これはいったいなんということでしょうか。学校ではその美貌《びぼう》と強気な性格で女王とも呼べるほど凛々《りり》しくも格好《かっこう》いい朝比奈アリサが……。

「にゃ……ぁん」

何かすごい格好していた。プラチナブロンドの髪によく似合う、ホワイトカラーの猫耳に白いプリム。なぜかお腹《なか》まわりは露出《ろしゅつ》しており……緩い胸元がちらり。ブラックのスカートは限界まで丈が上がっており、屈《かが》めば中が見えてしまうほどだ。その上、白い太ももが眩《まぶ》しい。これは実にけしからん。

「め、メイド服だよね。何で……そんな格好を」

「涼真に料理を教えてもらおうと思って」

「その割に露出激しくない!?」

料理を教えてもらうなら普通のエプロンで良いのでは！　しかし恥《は》ずかしがってるアリサがとても可愛らしく直視できない。

「メイド服はまぁいいとして、何で猫耳……」

「涼真が好きだって聞いて」

「どこ情報だよ！」

「雫」

「ってことは獅子か！　僕の性癖《せいへき》を広めるんじゃない！」

獅子の奴《やつ》、大月さんにデレデレで、僕の性癖でも何でもバラしやがる。

「にゃあ」

くっそ可愛い。猫耳メイドの親和性の高さ。大月さんはわかってるなぁ。気づけば、じっと紬が僕を見ている。

「もしかしてひよりちゃんが猫耳カチューシャ持ってたけど……それって」

「え……妹にまで」

「紬、アリサ。ちょ、ちょっと待とうか」

紬が僕の肩に手を置いた。

「涼真。五歳の妹に自分の性癖を押しつけるのはどうかと思うよ」

「そんなつもりじゃないからやめろぉ！」

天使なひよりを可愛くするにはどうしたらいいかと考えた結果だ。決していやらしい気持ちじゃない。いやらしいというのは目の前のアリサのような格好だ！　アリサがぐいっと近づいてきた。目つきがとても怖い。

「ところで何で柊さんがここにいるの」

「たまたま帰りが一緒で……。紬が来たがったんだよ。アリサに連絡して許可もらおうとしたけど反応ないし」

「あ、スマホ部屋に置きっぱなしだった」

つまり、スマホも持たずにその格好でずっとここにいたのか。どういう心情なんだろう。

「それにしたって！　……何でそっぽ向くの？」

「いや……その」

「やっぱり似合ってないかな。……そうだよね。涼真はやっぱり柊さんみたいな可愛らしい人が」

うるうるとアリサの目尻《めじり》に涙が浮かぶ。あまりの予想外の反応に別の意味で慌《あわ》ててしまう。

僕はアリサの両手を摑《つか》む。

「似合いすぎてるくらいだ！」

「っ！」

「だからその……。アリサが可愛くて直視できないんだよ。そんな猫耳だめだろぉ！」

「え……とえへへへへ、可愛いって……えへへへへ、嬉しくないもん」

泣きそうな顔が一変して、とろけた顔になる。そんな姿も可愛らしいが、女の子に対して可愛いだなんて、いくら友達だからって前のめりすぎだ。こんな情けない僕の姿、紬に馬鹿《ばか》にされるかもしれないな。紬に視線を向けると奥のテーブルに無数に置かれた猫耳カチューシャを手にしていた。何であんなにあるんだよ。

「ねぇ涼真」

紬がちょっと甘えた声を出す。その頭には先ほど手にしていた猫耳カチューシャがつけてあり、猫のように丸めた両手を顔の脇《わき》に添えた。

「クロネコだにゃん！」

「ぐふっ！　僕は黒猫が一番好きだとわかった上での破壊力」

「む〜〜！　やっぱり涼真は柊さんみたいな黒髪が好きなんだっ！　ばかっ！」

あっちを立てればこっちに怒られる。女の子の扱いはとても難しいよ……。

とりあえず猫耳は封印《ふういん》。アリサにも紬にも外してもらい、ようやく夜ご飯の支度にかかることができる。料理を教えるという話だったがさすがにもう遅いので後日にしてもらうことにした。手早く三人分を作るために紬にも手伝ってもらったんだけど……。

「柊さん料理までできるなんて……勝ち目ないじゃない」

何だかえっちな格好したまま、アリサはご飯をがっついていた。今日の晩ご飯はチキンソテー。ご飯に合うように辛《から》めのソースで仕上げており、アリサのお代わりが止まらない。

「涼真と柊さんが作ったご飯すごく美味《おい》しいわ。愛情が籠《こ》もっていて……私、あなたたちの子供になりそう」

何を言ってるんだろうか。ツッコミそうになるのを押さえて、箸《はし》を運ぶ。

「アリサ、お代わりいる？」

「食べりゅ」

確かに子供かもしれない。まぁ……大月さんが相当甘やかして育ててたもんな。

「アリサちゃんってたくさん食べるんだね……。でも体は細いし、やっぱり胸」

「紬、みんな一度は思ってるからって口には出さないように」

「アリサちゃんみたいになるにはいっぱい食べた方がいいのかな。よーし、涼真、わたしもお代わり！」

「紬は太りやすいって言ってなかったっけ。いいの？　大丈夫？」

「ちょっと！　余計なこと言わないで」

「私の前でイチャイチャしてぇっ！」

また怒られてしまった。そんなにイチャついてるように見えるのだろうか。幼馴染みだったらこんなもの……と思ったが異性の幼馴染みっていったら紬が関係する組み合わせしかないんだよな。アリサの幼馴染みはみんな女の子だし。

「私だってイチャイチャしたいのに」

「アリサ、口元にソースがついてるよ」

食卓のテーブルの上に常備しているナフキンを取ってアリサの口元を拭《ぬぐ》う。うん、綺麗《きれい》になった。普段なら絶対やらないんだけど……絶対やれってメモに書いてあった仕事だし。

「な、な、なっ！」

アリサは顔を真っ赤に染めてしまう。あれ、もしかして聞いてない？　怒られる前に言い訳をしないと。

「大月さんの家事代行メモにあったんだよ！　アリサは……その食べこぼす時があるから優し

く拭ってあげてって」

「う、嘘《うそ》！　し、雫ぅぅぅ！」

「知らなかったならごめん」

「むぅ、そのメモ。他に何が書いてあったの」

「確か綺麗に食べたら頭を撫《な》でて褒《ほ》めてあげるとか一週間に一回は耳掃除してあげるとか風呂上がりは髪をドライヤーで乾かしてあげるとか。まだまだあるけどこれ全部大月さんにさせてたの？」

「全部じゃないよ!?」

じゃあ大半は……。そりゃ大月さんアリサを甘えさせすぎだよ。いくら僕でも同じ幼馴染みでも獅子に対してここまではしない。

「わかった。アリサが嫌ならこういうことはしな」

「涼真ならいいよぉ。して」

何ということでしょう。この破壊力。同性の獅子なら絶対やらないことだけどアリサがしてというのであれば甘やかしてしまいたくなる。今、可愛らしい格好しているのも大きい。本人がいいと言うならやっていいんだよな。別に変なことはしないけどね！

「涼真とアリサちゃんって仲良しなんだね」

「そりゃまぁ……友達だしね」

「うん！　仲良しは良いことだよ」

そう言われるとこのアリサとの関係は少し複雑とも言える。友達……雇用主《こようぬし》、深く考えてはいけないのかも。

「柊さんは……。そうね、あなたともう少し話をしないと駄目かも」

「アリサちゃん？」

「良かったら一緒にお風呂に入らない。ウチは広いからゆったり話ができるわよ」

「ほんと！　入る入る」

アリサと紬で二人きりか。少し心配な気もするけど。それはともかく、この家のお風呂だったら豪華《ごうか》なんだろうなぁ。

「お風呂かぁ。いいな」

その瞬間、二人の美少女からじろりと見られる。

「涼真、いくら何でもわたしたちと一緒にお風呂はどうかと思うよ」

「雫とはよく一緒に入るけどさすがにそこまでは……」

「違うからね！」

そんな露骨《ろこつ》に言うわけないだろ！　まったく僕の尊厳が台無しになってる気がする。

「家に帰ったらひよりちゃんと一緒に入ってあげるから。今日は我慢《がまん》してね」

「僕が入りたいみたいに言うのやめて」

「でもちっちゃい時は嫌がるわたしをお風呂に連れ込んで」

「そのエピソードはもういいから」

紬の場合は素なのか、からかってるのかわからない時がある。まったくもう……。

「私だって涼真と一緒にお風呂入れるもん！　今度入る!?」

「アリサも対抗しなくていいから！」

何だかどっと疲れる夜になった気がする。

＊＊＊

「アリサちゃんのおウチのお風呂、すごいね～！　こんなの初めて見たよ」

「正直私もやりすぎだと思うわ。こうやって話をしながら入るにはちょうどいいけど」

柊紬。涼真の幼馴染みの子。恋のライバルになるか見極《みきわ》めなければならない。そしてあのことを彼女に伝えるんだ。

「すっごい。サウナやプールまであるなんて……。アリサちゃんって何者なの」

「親が凄いだけ。私はただ恵まれただけの高校生よ」

将来のビジョンとかはいろいろあるし、それに準ずる教育も受けているけどそれはあくまで将来への投資なだけで今の私はまだ何者でもない。兄のようにスポーツの世界で活躍できてい

たら話は違うけど……。

「アリサちゃん、すっごく綺麗だし、わたしは憧れるけどなぁ」

自分の容姿が特別優《すぐ》れているのはわかってるし、日本一とは言わないけど上位に位置する自覚はある。雫は世界一可愛いけどね！　そうじゃなければあれだけ男が寄ってこないだろう。箱入り娘というわけではないし、美人ではないと否定するつもりもない。

「あなただって十分魅力的でしょ？　自覚はあるわよね」

「……うーん、まぁ」

柊さんは少し言いよどむ。猫かぶりな子ではなさそうね。そして私と同じように、男の好意で面倒《めんどう》くさい経験をしたことがある感じだわ。

「で、でも絶対アリサちゃんほどじゃないもん。日本人離れした顔立ちと金色の髪、びっくりしたもん」

雫を含むいろんな人に言われたわ。柊さんより見た目が良いから学校一の座を奪われることはないって。でも本当にそう？

しっとりと背中まで伸びた綺麗な黒髪。艶《つや》もあるし、すっごく綺麗なのよね。私は母方の遺伝でこの髪色になったけど……ずっと日本で暮らしてきたから正直その髪色に憧れるわ。涼真がもし黒髪の方が好きだったら。

「スタイルも凄くいいし、手足も細くて長くて……。わたし、太ももがちょっとね、気にしてるんだぁ」

柊さんもスタイルは良い方だけど私ほどではない。でもそれが何なのって話。正直、これ以上大きくなっても困るっていうか。まだ大きくなってるのよね……。生活にも支障が出てるし。逆に柊さんは適度な大きさだわ。水着映《ば》えもするでしょうし。それに何より太ももよ。男の子は太ももは大きければ大きいほど良いってネットで見たことがあるわ。もし涼真が太もも好きで大きすぎる巨乳なんて無理って思っていたら。

「勝てないっ！」

「アリサちゃん、どうしたの!?　何に勝てないの!?」

「なんでもないわ」

「う、うん……」

あなたによ！　っと言うわけにはいかない。はぁ……駄目。悪い方にばかり考えてる気がする。ちょっと落ち着こう。

「もし何か悩んでるならわたしで良ければ話を聞くよ！」

全部あなたのせいなんだけど!?　さすがにそうは言えず、なんとも歯がゆかった。

「そんなに小さい頃から一緒だったのね」

「うん、みんな両親が働き詰めだったから涼真と獅子と三人で過ごすことが多かったの。子供の頃の涼真はすっごく可愛いんだよ。家にアルバムあるんだけど、今度見る？」

「見たい！」

湯船に入って柊さんとゆっくりと談笑をする。やっぱり話題は意中の人である涼真のことがメインになる。

「獅子とは本当に昔から相性が良くないの。わたしからいつも涼真を奪って……ドヤ顔をするんだよ」

「あの、俺が一番涼真を知っているみたいな雰囲気出すのむかつくわね。あなたに完全同意するわ」

そしてそのまま平沢獅子の悪口へと発展する。昔から涼真を奪い合っていたと言っていたからいろいろ出るわ出るわ。このネタは是非《ぜひ》本人にぶつけないといけないわね。

「同性だったら仲良くなったと思うんだけどなー」

「そうなの？　私は三人同性の幼馴染みだからずっと仲良しね」

「いいなぁ。わたしもアリサちゃんたちの幼馴染みになりたかった」

幼馴染みに異性が混じるといろんな感情が入り交じってしまうもの。ある意味、私の兄が幼馴染みみたいなものでもあったから……雫も心もね。

「でも獅子は悪い奴《やつ》じゃない。涼真を奪うから嫌いなだけで人間としてはまぁ……まともだと思うよ。だから雫ちゃんが獅子を選んだのは正解だと思う」

「私もそう思うわ」

あくまで最強で可愛い雫が平沢獅子を選んでやったのだ。そこははき違えてはならない。それをわかってるなんてこの子、見る目あるわね。

「雫ちゃんって涼真に雰囲気が似てる感じするよね。一発で仲良くなりたいって思ったよ」

「そうなの！　雫は世界一可愛いんだから」

「アリサちゃんと雫ちゃんてベストカップルだね。羨ましいと思ったよ」

雫のことをよくわかってる。この子いい子じゃない！　涼真を好きって言った時はどうしてくれようかと思ったのだけど……雫を評価してくれる子に悪い子はいない。本当に仲良くなってもいいかもしれない。だから聞かなきゃ。

「ねぇ……あなたは涼真のことが好きなの？」

この言葉を伝えなければならなかった。

「私も……涼真のことが好きなの」

時は一日前、雫と過ごした夜に遡《さかのぼ》る。

「え、柊さんに涼真を好きだって言え!?」

「そうだよ」

雫に言われたことにびっくりしてしまう。

「できるだけ早いタイミングで柊さんと二人きりになって。それで彼女が小暮くんを好きか確認するの」

雫は真面目《まじめ》な口調で話を続ける。

「まだ小暮くんと柊さんは付き合っていないからチャンスはある。でも相手と同居している以上、こっちが後手なのは間違いないよ」

「だからって何で柊さんに言わなきゃいけないの」

「柊さんにアリサが小暮くんを狙《ねら》ってるということを認識させるためだよ。そうすれば柊さんはきっと躊躇《ちゅうちょ》する。恋のライバルがアリサの時点で普通の女の子なら諦《あきら》める」

「そうかなぁ」

「アリサって今まで何人に告白されたか覚えてる？」

覚えてるはずがない。毎日食べてるパンの数くらい好きだと言われているのでフって息を吐くように速攻忘れるようにしている。

「告白をされるのが当たり前の女の子が恋のライバルなんて絶望的だよ。獅子くんがアリサに見向きもしなくて本当に良かったと思ってるもん」

「でも私より雫の方が可愛いから平沢くんが雫を好きになるのは当然」

「もうそれはいいから」

呆《あき》れるようにばっさり切られてしまった。どうしてぇ。

「柊さんも正直匹敵《ひってき》するくらい綺麗だから油断はできないけど……、アリサが小暮くんを好きなのを知ることは大きな抑止力になる」

「な、なるほど」

「アリサ、絶対に好きな人と結ばれて。わたしは最後まで応援するから！」


「ねぇ……あなたは涼真のことが好きなの？」

「え？」

柊さんはきょとんとした顔をする。

「いつも涼真にべったりだから……その、涼真が好きなのかなって」

「うん、好きだよ」

あっけからんに言う。やっぱりそうなのか。だったら雫の言うように……柊さんに伝えないと。

「わ、私も涼真のことが好きなの！　彼に恋をしてるの」

「……アリサちゃんが」

柊さんが目をぱちくりとさせながら私の顔をずっと見つめていた。どんな返事が来るだろう。でも確かに言っておいた方がいいと思う。涼真を好きな気持ちだけは負けたくないから。

「そうなんだ！　涼真、こんな綺麗な子に好かれるなんて、さすがわたしの幼馴染みだね」

「へ？」

あまりの予想外の反応に今度は私が呆気《あっけ》にとられてしまう。動じるのではなく、まさか喜ばれるとは思わなかった。

「あなたも涼真のことが好きじゃなかったの？」

「好きだよ。あっ！　あのね、わたしその……涼真を好きなのってそういう意味じゃなくて」

柊さんは突然慌て始めた。少し顔を赤くして……混乱した表情を浮かべる。

もしかしたら私は勘違《かんちが》いしていたのかも。

「わたし……その、恋ってよくわからないの。だから涼真のことは大好きだけど……それは恋として好きかどうかわからない。アリサちゃんが雫ちゃんを好きな気持ちに近いかも」

「あなたの好きってそういうことだったの……」

「親しい男子なんて正直、涼真と獅子ぐらいしかいないから。男の子で涼真が一番好きなのは間違いないけど……アリサちゃんが心配するようなことはないと思う」

「……よ、良かったのかな」

何だか拍子《ひょうし》抜《ぬ》けしてしまった。これだったら涼真を好きだって言う必要なかったのでは……？

「涼真の前にあなたが現れたから心配になって……」

「あー。そうだよね。でもアリサちゃん相手だったら誰も勝てないよ。うん、涼真が羨ましいなぁ」

柊さんの表情がまたさっきみたいに優しいものになる。偽《いつわ》ってるとかそういうのではなさそうだ。

「涼真に告白するの？」

「こっ！　そんなのできないっ！　涼真は私のこと……友達としてしか見てないもの」

仲良くはなれていると思うけど、やっぱりここぞって時に涼真との間に壁を感じる。これ以上は近づけない……そんな壁が見えるの。

「私はあなたが羨ましい。涼真の側にいつでもいられるもの」

それは事実。私が雫や心の側にいつでもいられるのと同じでこの子は涼真の側にずっといることが許されている。幼馴染みという特別な関係。

「ねぇアリサちゃん」

ふいに柊さんが私の手のひらに手を合わせてきた。純粋な黒色の瞳《ひとみ》に吸い寄せられそうだ。

「もし良かったらわたしも手伝おうか？　アリサちゃんと涼真の仲を深めるの」

「いいの？」

柊さんは笑う。

「わたし、見る目はあるから。アリサちゃんならきっと涼真を幸せにしてくれるって思うから」

「柊さん」

「でも……一つだけ条件つけてもいいかな」

柊さんは言葉を続ける。

「わたしが幼馴染とみして涼真の側にいることは許してほしいの。涼真の側にいられなくなるのは耐えられないから」

まっすぐな言葉だ。でもその声色《こわいろ》には切実な感情が籠《こ》められているように思う。柊さんにとって何よりも大事なことなのだろう。好きな人の側に異性の幼馴染みがいるってのは本来であれば面白《おもしろ》くないことではあるけど……それを断ることはできない。

「あなたから幼馴染みであることを奪うつもりはないわ。まぁ、嫉妬はするし、羨ましいと思うだろうけど」

「ふふっ」

柊さんは両手を合わせてくれた。やっぱり話をして良かった。この子の気持ちがわかった気がする。

「あなたのこと……紬って呼んでいい？」

「あ……！　うん、わたしを名前で呼んでアリサちゃん！」

紬が今日一番の笑顔を見せた。自分の気持ちを率直に伝えたことで、彼女とちゃんと友達関係を築ける気がした。

「はぁさっぱりしたぁ！」

紬と話が弾《はず》んで思ったより長湯してしまった。雫と一緒に入る時もいつもバスルームのモニターで映画とか観《み》るからそれほどではないけど、紬とのおしゃべりは思ったより楽しかった。

後で雫にも伝えよう。雫と紬も含めて三人仲良くなれそうな気がする。服を着替え、髪も乾かして涼真の前に戻った。

「二人とも長かったね」

「紬と話し込んじゃった」

「名前……。仲良くなれたようで良かったよ」

気づいてくれた！　優しく微笑《ほほえ》んでくれるところがしゅき。涼真が私の顔をじっと見つめる。

いや顔じゃない……髪？

「乾かしたんだね」

「え、まずかった？」

「いや……あのほら大月さんのメモにアリサの髪を乾かすのも僕の仕事だってあったから」

「あっ！」

涼真に髪を乾かしてもらうの忘れてた！　香りの良いヘアオイルとか使ってアピールしようと思ってたのに……。普通に紬と乾かし合ってしまった。紬の黒髪……本当に綺麗なのよね。夜空みたい。涼真が黒髪を好むなら染めちゃうのもありかな？　でも紬は私の髪を絶品って言ってたし。

「ひよりの髪をよく乾かしてるから上手《うま》くやれると思うけど……嫌だったら」

涼真は遠慮がちに喋《しゃべ》る。そんな彼の言葉に返す言葉は一つしかない。

「嫌じゃないよ。涼真を信頼してるから」

「うっ……。ありがとう」

涼真が後ろを向いて顔を隠してしまった。耳まで赤くなってるから照《て》れてくれたのかな。私の言葉でもちゃんとドキドキしてくれるなら嬉しい。

「涼真、何観てたの？」

紬がテレビに映る映画を見る。家事してる時は暇《ひま》なことも多いし、雫もよく何かを流しながら家事をしていた。やっぱり涼真と雫はよく似ている。細かいところは違うんだけど。

「この前観てた映画だね。全部観る前に帰っちゃったから……先が気になって」

一昨日《おととい》の話だ。涼真とご飯を食べた後、リラックスした状態で一緒に観たあの映画。ソファに二人横並びで座って……良い時間だったなぁ。

「アリサちゃん、顔赤いけど大丈夫？」

「だいじょうぶっ！」

落ち着こう！　これからもいっぱいできるんだから！　映画はクライマックスが終わり、エンディングに差しかかっていた。最後の方はキスシーンの連続だったっけ。

「ふぅ……終わった」

涼真は洗い物を終えて、明日の雫が作る弁当の仕込みをしていた。今、交互に家事代行を行っているからこういう形になっちゃうんだよね。雫の要求にまるで阿吽《あうん》の呼吸でついていくから凄い。話さなくても通じ合ってるようで羨ましい。

「お疲れ様。わぁ……いっぱい準備したんだねぇ」

「大月さんの要求エグイんだよ。僕を困らせるつもりで弁当の具を大量に仕込ませるんだよな。本当に明日全部使うのかよ」

私と平沢獅子はどっちもよく食べるから雫はいつも力を入れてお弁当を作ってくれている。明日も朝早く来て作ってくれるんだろうな。

「じゃあ……お疲れの涼真にはご褒美《ほうび》をあげないとね」

「ご褒美って何をくれるのさ」

紬がテレビに視線を向ける。まだ映画は終わっていなかった。

「海外の人は……結構気軽にチューするんだよね。友達関係でも気安く」

「口には簡単にしないと思うけどね」

「じゃあ……頬《ほお》にしてあげるね」

「ああ、頼むよ。って紬!?」

そう、私の視界で繰り広げられた衝撃のシーン。私の目の前で紬が涼真の頬にキスをしたのだ。そのごく自然に行われた行為に私も、そして涼真ですら固まってしまう。

「ほっぺにチューなんてちっちゃい頃よくやったじゃない。もう今更《いまさら》だよ」

「そ、そうだけど……さすがに」

紬が私の方を見る。

「じゃ、次はアリサちゃん！　涼真にご褒美だよ」

「え、アリサも!?」

ごく自然に振られてしまい私は言うしかなかった。

「できるわけないでしょっ！」

柊紬。

完全に味方だと思っていたけど……彼女は天然で今後もいろいろやらかすのかもしれない。

幼馴染み怖い。

第二章 「美少女たちがぐいぐい来る」

「あ～楽しかった！」

「紬《つむぎ》はマイペースすぎだよ」

「えへへ、そっかなぁ」

ほっぺにチュー事件後、家事代行のお仕事を終えた僕と紬はアリサの家を後にする。

確かに子供の頃、二人の幼馴染《おさななじ》みからよくほっぺにチューをされた気がする。僕の気を引くために、ことあるごとにチューされたんだよなぁ。

女の子からのチューは悪くなかった。紬以外の人物からのチューは記憶から消しているので思い出したくない。

それから十年経《た》つとやはり意味が変わってくる。なのに平然とチューしてくることから紬にとって僕は本当にただの幼馴染みなんだろう。僕を好きだという言葉が幼馴染みとしての言葉なら正直安心できる。

……このままでいいんだ。

「アリサちゃん家《ち》のお風呂凄《すご》かったよ！　高級ホテルなんて目じゃないくらい大きかった」

「いろんな設備見てるから想像がつくよ。億を余裕で超える邸宅なんだって思う」

「アリサちゃんも綺麗《きれい》だったな。ふふーん、涼真《りょうま》、気になる？」

紬が意地の悪い目つきで僕を見てくる。気にならないかと言われれば嘘《うそ》になる。そりゃ僕だって思春期男子なわけで……。付き合う気はなくても女の子自体を好むのは男である以上、ごく当然なわけで。

「もう凄かった。手足は細くて長いのに胸は大きくて綺麗で……日本一の美少女を決める大会なんて出たら圧倒的に優勝なんじゃない？」

「異国の血が入ってるって言ってたから本人は出たがらないだろうね。アリサの魅力はまぁ……うん」

朝比奈《あさひな》アリサが誰より美しいことは、誰よりもなんて月並みな表現すぎるけど、理解はしている。元々綺麗だなぐらいの印象だったんだ。でも親友同士の恋を通じてとても魅力的な心を持っていることがわかった。アリサとの関係は大事にしたい。新しくできた親友なんだ。

「涼真が羨《うら》ましいなぁ。モテモテだね！」

含みがあるようなことを言ってくる。モテモテなんて自分とは程遠い言葉だったのにアリサや紬のような美少女が僕の生活にぐいぐいと食い込んでいる。

「紬だってモテモテだろ。みんな紬に注目してるよ」

「え〜、アリサちゃんがいるからわたしには目を向けてこないよ」

見た目だけならそうなのかもしれないが男というものは愛嬌《あいきょう》というものに弱い。アリサは強烈な見た目で人気を集めているけどキツい性格で一部の男子からは敬遠されている。僕も最初は怖いと思ってたし。だから誰に対しても笑顔を絶やさない紬の存在は評判になって当然と言える。負担にならなければいいけどね。

「それで結局部活はどうする？　明日は体育館にある部活を見学すんでしょ」

「それなんだけどね……。体育館って女バスや女バレーを中心に女の子だけの部活しかないじゃない。わたし、女の子だけの部活はやめておこうかなって」

随分《ずいぶん》と妙な言い方だ。女子系の部活に入りたくない。僕には意味がわからなかった。そういえば今日いた陸上部は男女混合の部活だ。だから仮入部したのか。

「じゃあどうするの？　文化部はやめとくって言ってたよね」

「うん、だからね」

紬の目が僕の目と合う。

「涼真がいる……バスケ部に入部しようかなって」

「バスケ部!?　僕がいるのは男バスだよ！　あ、もしかしてマネージャー希望ってこと」

「そういうこと」

「それは願ったり叶《かな》ったりだけど……」

今、男バスはマネージャーがおらず下級生がマネージャー業務を兼任していた。スタメンではない僕は結構筆頭でやってたりする。

「紬はプレイヤーとして動きたかったんじゃないの？」

「そうじゃないよ。ただ部活を通じて仲良くなりたかっただけ。……でも」

紬は夜空を見上げ、少し声を落として続きを口にした。

「難しいなら涼真たちの側《そば》にいる方がいいかなって」

この十年で、変わってないところも変わってしまったところも多いこの幼馴染みがこれからどのように暮らしていくのか。僕はまだ予想もつかなかった。


一日が終わり、夜の一人の時間を楽しむ。最近獅子《れお》が僕の部屋に来なくなった気がする。特に大月《おおつき》さんと過ごしてる時は……。ナニしてるのかなー。押しかけてみるか。ピコンと音がしてスマホに通知が入る。開いてみると大月さんからメッセージが届いていた。

明日の朝、時間ある？　二人きりで話したいことがあるの。

うーん、彼氏持ちの女の子と二人きりで会うのってどうかなって思うんだよな。断れないかな。何か嫌な予感もするし。とりあえず、
朝早くじゃなくても良くない？　朝練ない日だしもっと寝たいんだよな。

そんなメッセージを送ってみた。

ピコン。

「げ」

獅子くんと付き合う前はしつこいくらい朝に話しかけてきたくせに、付き合ったらもう放置するんだ。小暮《こぐれ》くんって釣った獲物《えもの》に餌《えさ》を与えないんだね。

そんな長文が返ってきたのである。うん、言えることがあるよね。

「少なくとも彼氏の親友に言うセリフじゃないよな！」

仕方ない。明日の朝、早めに出るか。親友の恋人と密会である。


「ようやく来た、おはよう小暮くん」

「大月さん。はぁ……おはよう」

部活ないのに早起きを強《し》いられて辛《つら》い。紬と獅子を起こして言付けをして速攻学校へ向かうことになる。こうまでさせて何を話そうというのか。園芸部の活動場所である農地の近くのベンチに僕たちは腰かける。

「大月さんには彼氏がいるんですから。他の男と二人きりで会うのはよくないと思いますよ」

獅子が悲しむようなことはしたくない。今日早く行く理由を聞かれなかったから良かったものの。浮気なんて思われたら絶対嫌だし、獅子とはそんなことで揉《も》めたくない。今回限りにしてもらわないと。

「大丈夫だよ。ちゃんと獅子くんには許可もらったし」

「へ？」

「涼真なら安心だ。俺に気にせず会ってくれって言われたよ。小暮くん、獅子くんからの信頼度が異常なんだけど洗脳でもしてるの？」

「アリサを洗脳してる大月さんには言われたくないですね」

まったく獅子は……。僕にとって平沢《ひらさわ》獅子は幼馴染みで親友。正直それ以上に恩義がある。

獅子がいなかったら僕は学校に通えていなかったと思う。だからこそ獅子の嫌がることは絶対にしたくない。でも今回の件、獅子の許可があるのならいいのか。

「アリサと一緒にいる時も大月さんのことばかりですよ。あんなに甘やかしていたなら当然なのかもしれませんが」

「そう……だね。そんなアリサをわたしは」

少しだけ大月さんの声が小さくなる。嫌みで返されるかと思っていたのにそんなガチな反応をされるとは思わなかった。話題を変えることにしよう。

「そういえば獅子のファンクラブ。上手《うま》く制御《せいぎょ》できてるって聞きましたけど何したんですか？　てっきり荒れると思ってたんですが」

我が校最大の人気者、平沢獅子。その端麗《たんれい》な容姿だけでなく、一年生ながらバスケ部のエース。陸上の短距離選手よりも速い走力。サッカー部を含む他の部活のトップ選手に負けない持久力。まるでスポーツの申し子のような人間だ。

さらに学年十位以内の学力な上に歌が上手くて、ダンスも上手とモテる要素しかない人間だったりもする。人気だけで言えば学校一の美少女の朝比奈アリサよりも支持を集めるだろう。

そんな獅子に、学内にファンクラブがあるのは当然だ。そして、それほどの人気者に恋人ができたならここが荒れるのは必然と思いきや。そこまで大きく荒れなかった。

獅子は元々女子に愛想《あいそ》が良くなく、誰に対しても平等だったのでガチ恋勢というのがあまりいなかったのだ。人気者ではあったけどアイドルではなかった。バレンタインのチョコお断り、誕生日プレゼントお断り、プレゼントはバスケ部を通してのものしか受け取らなかった。

ちなみに僕は普通に獅子からバレンタインチョコとプレゼントは求められた。

「小暮くんから何か誇らしげな優越感を感じる」

今年からその役は大月さんになるのだろう。ちょっと寂《さび》しくもある。まぁそれも仕方ないよな。

「最初は大変だったけど思ったより純粋に獅子くんを応援したいって子が多かったんだ。八割くらいがそうだったかな。そういう子と話をしてわたしがファンクラブの長になることになったの」

「普通そうはならんでしょ」

「アリサにも言われたけどどうまくいくもんだねぇ」

この子、いったい何をしたんだろうか。この大月雫《しずく》という女の子。獅子と付き合ってから評価がうなぎ登りとなっている。正直同類だと思ってたのに……。何だか騙《だま》されたような感じで腹立つ。

「小暮くんから何か腹立つ視線が送られてるような気がする」

「ふぅ、それで……。僕を呼んだ理由あるんですよね。何となく予想はつきますけど」

「うーん何かな。聞きたいなぁ」

甘えたような声を出してとてもしらじらしい。獅子と付き合い始めてから大月さんが可愛《かわい》く見えるようになったという声が上がっているが、それは事実である。彼氏に可愛いと思われたくて努力をし始めたらしい。

すぐ側に一番の美少女がいて、相談相手にはちょうどいいわけだ。アリサが側にいるから化粧なんて意味ないと思っていた子が変わるもんだねぇ……。僕も誰かと付き合ったら変わるんだろうか。

「アリサ……もしくは紬のことでしょ」

「正解。昨日のことはアリサに聞いたよ。まさか二人きりの園に別の女を連れ込んでくるなんて小暮くんって案外鬼畜《きちく》だね」

「今更《いまさら》大月さんに言い訳する気はないです」

この子に話したところで僕の評価が上がることはないだろう。正直別にそれでいいし。

「紬さん、良い子だね。家に帰った後アリサを交えて通話したんだ。ふふっ、紬って呼んでって言われたけど」

「そういえば遅い時間まで電気がついてましたね。仲良くなってくれるなら良かったです」

「アリサと一緒になって獅子くんの悪口言うし……。でも獅子くんも紬さんも相性悪くて仲が悪いけどお互いを認め合っているよね。嫌い合ってるんじゃなくて競い合っている。そこはわかったよ」

「そうなんですよね。ま、紬が獅子を好きになることはまずないと思うので安心していいですよ」

「じゃあ」

大月さんはじっと僕の目を見てきた。

「紬さんが小暮くんを好きになる可能性があるってことかな」

反応に困ること言ってくる。

「大月さんって僕に対してだけ容赦《ようしゃ》ないですよね」

「うん」

大月さんはにこりと笑い、そして恥《は》ずかしそうに目を潤《うる》ませた。

「わたしが気持ちを取り繕《つくろ》うことなく話せるのって……小暮くんだけだよ」

「おかしいな、全然嬉《うれ》しくないですね。悪口も言いたい放題じゃないですか」

「だねぇ」

この女、やっぱり性格悪いわ。大月さんのことは尊敬してるけどこの性格は相容《あい》れないような気がする。でも……正直似たもの同士なんだよなぁ。

「紬が僕を好きって言ってるのは幼馴染みとしてですよ。本人から聞きました。だから紬が僕を好きになることなんて絶対」

「本当にそう思ってる？」

「え」

「幼馴染みとして好きだったはずなのに……ある時本気になる。そんなのラブコメ漫画で死ぬほどあるじゃない」

「漫画って、いくら何でも」

「現実でもあるよ。恋愛対象にならないって言ってた子がある日突然その人と付き合いだすし」

何か凄く実感のある言葉が大月さんの口から吐き出される。まさか……いや、深追いするのは止《や》めておこう。大月さんが再びまっすぐ僕を見た。

「だから紬さんが小暮くんを本当に好きになる可能性ってゼロじゃないと思う」

「まぁ……そうかもしれませんが」

それでも紬のような美少女が僕を好きになることなんてあるのだろうか。ないだろ。きっとないはずだ。

「そうなる前にさ」

大月さんは顔を寄せるように近づいてきた。

「アリサと付き合ってくれない。アリサ、小暮くんのこと好きになったみたいだから」

そう、それはあまりにもあり得ない、とんでもない話だったのだ。その突拍子《とっぴょうし》もない話に僕はしばし思考が停止してしまった。それぐらい衝撃的だったのだ。正気を取り戻し、僕は大きく息を吐いた。

「何言ってるんですか。学校で一番人気のあるアリサが僕を好きになるはずないでしょ」

いつもの言葉を吐き捨てる。僕とアリサでは容姿、他全《すべ》てが釣り合わない。だから誰もがその言葉に納得する。……はずだった。

「世界で一番アリサを知っているわたしの目にケチをつけるの？」

「うっ……」

「小暮くんがどう思おうと関係ないの。アリサが小暮くんを好きになっちゃったのはほんと。紛《まぎ》れもない事実だから」

そんなはずはないと言いたくなるが正直もしかしてという思いがあったのも事実。最近のアリサは僕に対してデレデレのように思えたからだ。絶対ないと言い聞かせてきたけど幼馴染みの大月さんが言うならほぼ間違いない。さすがに当てずっぽうでは言わないだろうし。

「小暮くんってアリサのこと好き？」

「っ」

強火で攻め立ててくる。そんなこと言われて動じない男がいるはずがない。大月さんも獅子と付き合ってなければ絶対言わないだろうなと思う。

「友人としては好きですよ」

「無難な答えだね」

恥ずかしくて顔が真っ赤になりそうだ。正直アリサのことは相当に好きだと思う。顔も声もスタイルも、どこをとっても魅力的で好みだ。だけど恋ではない。僕は女の子に恋なんてしない。してはいけないんだ。大月さんはスマホに写真を表示させて見せてきた。

「こ、これは！」

「わたしのお気に入りアリサ写真集」

「お、おお……。お〜〜。おっ」

「この反応。小暮くん、アリサのこと相当好きでしょ」

「違うしっ！」

「ごめん違うね。アリサの顔と体が好きなんだね」

「言い方！」

その写真は凄かった。まず中学生の頃のアリサだろうか。体操着姿で水場で笑うアリサの姿はめちゃくちゃ可愛かった。次は水着のアリサだ。豊満な胸がこれでもかというほど強調されており、その美麗な顔立ちと合わせて食い入るように見てしまう。おまけはこの前のネコミミメイド服のアリサだった。大月さんが何か指示したのか胸を強調させ、恥ずかしそうな素振りを見せたポージングはたまらなかった。この僕が思わず見入ってしまうくらい魅力的だ。

「どうせ小暮くん、夜はアリサのことばっかり考えてるんでしょ。アリサと付き合えば全部小暮くんのものになるんだよ。小暮くんの大好きなあの顔と体が手に入る」

「僕はアリサをそんな目で見ない」

「でもアリサは小暮くんがよく胸を見てくるって言ってたけどね」

「う、うそ!?」

バレてる！　だってあんな無防備な格好《かっこう》で……そもそもあの顔を直視できないんだからどこ見りゃいいんだって話なんだよ！　正直夜は……。全部見透かされているようでむかつく！

「何が不満なの？　別に結婚しろって言ってるわけじゃない。付き合って合わなければ別れればいいよ。別れた後、小暮くんは紬さんと付き合えばいい」

「大月さんの言ってることは無茶苦茶だ。こんなの良くないだろ。恋愛は当人同士の問題なわけで……」

「小暮くんが曖昧《あいまい》な態度を取るからだよ」

「僕は……！」

そのあまりの言葉に思わずかちんと来る。僕がどんな想いをしてきたか何も知らないくせに。

僕だって吹っ切れるものなら吹っ切りたい。でもそれは許されないんだ。あの子を傷つけた罰《ばつ》は一生負い続けなければならない。

「僕は誰とも付き合わない。そう決めてるんだ。たとえアリサがどんなに魅力的だろうと……僕にはそうする理由が」

「理由なんてどうでもいい」

「は？」

「理由を聞けば躊躇《ちゅうちょ》しちゃうかもしれないから。だからわたしは小暮くんの過去を知らなくていい」

「……何でそこまで僕とアリサをくっつけたがるんだ」

大月さんは僕に対してきつめではあったけど、ここまで突拍子もない対応をする子ではなかった。まるで僕に嫌われてもいいから自分の欲求を押し通そうとしているようだ。これは誰のため？　もし僕が大月さんの立場なら。

「そっか……アリサのためか」

「っ！」

「ま、そうですね。大月さんの行動理由なんてアリサのため以外にないでしょうし」

「うん、そうだよ」

大月さんはぐっと僕に向き合った。少しだけ目尻《めじり》に涙の跡がある。

「わたしはアリサを傷つけた。あんなにわたしのことを好きでいてくれるアリサを悲しませたの」

それは大月さんが獅子と付き合う前の話。僕がアリサと仲を深めた時のことか。

「わたし、あれからずっと後悔してるんだ。アリサを傷つけたことを……何であんなことしたんだろうって。もし小暮くんが仲裁《ちゅうさい》してくれなかったら今もぎくしゃくしてたかもしれない」

「でも最終的には仲直りしたじゃないですか。それじゃダメなんですか」

「仲直りしたってわたしがアリサを傷つけた罪は消えない！　アリサがわたしを許してもわたしは自分を許せない」

大月さんは吐き捨てるように大声で叫ぶ。ずっと彼女は笑顔の裏でアリサに対して罪悪感を持ち続けていたのか。アリサが大月さんを好きなように、大月さんもアリサのことが大好きなんだ。だから自分を許せない。

僕が同じことを獅子にしたらどう思うか。僕は自分を許せなくなるだろう。獅子には恩義があるから。獅子を傷つけることなんて絶対にあってはならない。

「だからアリサのために僕に嫌われること承知でやったんですね」

大月さんはコクンと頷《うなず》いた。く……何を考えてんだよ。でもこの行為を否定はできない。なぜなら僕も獅子のために大月さんの情報を得る時同じことを思っていたからだ。大月さんに嫌われたって僕は関係ない。獅子さえ嫌われなければいい。

もし未《いま》だ獅子が大月さんと付き合えてなかったら僕は今の彼女と同じことをしたかもしれない。だがこの特攻の影響は大きい。本人の口から聞いたわけじゃないので確実ではないものの、アリサが僕を好きかもしれないという情報が脳の奥にインプットされてしまった。

これから僕はアリサと顔を合わせて今までと同じように話すことができるんだろうか。

「まぁいいです。僕と大月さんの仲が悪くなると親友たちが心配するので今回の件は不問にします。だから……もう、あんまりアリサと付き合えとか言わないでください」

「……うん」

「少なくとも今は……誰とも付き合う気はないです」

朝から大変な問題に直面した気がする。しかも大月さんがちょっと泣いてるのも困る。僕が泣かせたと勘違《かんちが》いされたら……。ピコンと音がしてスマホを見ると大月さんからラインで写真が送られてきていた。それは先ほど見たアリサの魅力的な写真。

「もうしないよ。だから」

大月さんはにこりと笑う。

「これからはアリサの写真をいっぱい送ってアリサで頭がいっぱいになるようにするね！」

「全然わかってないだろっ！」

「一応スキンは持たせるから襲《おそ》ってもいいけど、あんまり乱暴なことはやめてね。優しく抱けば受けてくれるはずだから」

「聞け――っ！」

大月さんと別れ、僕は一人廊下を歩く。大月さんめ……。何てことをぶっちゃけてくれたんだ。アリサが僕を好きだなんて世迷《よま》い言を……。本人の口から聞いてないので百%ではないけど、最近のアリサの態度や親友の大月さんがゴリゴリに押してくるところを見ると、信用度は九十%くらいに跳《は》ね上がる気がする。僕はどんな顔をしてアリサに会えばいいんだ。

スマホを開き、さっき大月さんが送ってくれたアリサの写真を画面に映す。

「……」

めちゃくちゃ可愛いな。こんなの反則だろ。

それはいつものカフェでの写真だ。正面にアリサがいて左手を頰《ほお》に添え、誰かにあーんしているところを撮ったもの。ちょっと恥ずかしそうな表情で、長くきめ細やかな金色の髪が印象的だ。ぱっちりとしたエメラルドグリーンの瞳《ひとみ》はとても綺麗で小さく柔らかそうな唇《くちびる》も目を引く。本当に……凄く可愛い。

アリサが僕のことを好きだとして、それがアリサと一緒に恋愛相談をしていた時期の僕の態度ゆえだったら、今の意識してしまった僕の姿はアリサが好意を抱く範疇《はんちゅう》に入るのだろうか。

あの時の僕は敬語口調で距離を置いてたからなぁ。そんなちょっと変わったところが気に入ったのかもしれん。アリサってめちゃくちゃモテるから熱く迫る男子がほとんどだったと思うし。だからこれまで通りで……。

「言い訳ばっかだな僕は」

恋愛に対して逃げてばかりだ。中学のあの時から僕は何も成長していない。でもそれは贖《しょく》罪《ざい》なんだ。あの子を傷つけてしまった事実に対する僕の償《つぐな》い。……罪を抱えたまま誰かと付き合うなんてことをしたらきっとまた皆が僕を糾弾《きゅうだん》することだろう。僕にそんな資格はないと。自分だけ幸せになってはいけない。

「くっ」

左目が痛む。あの時の怪我《けが》で弱視となったこの左目。思い出すと痛むんだよな。邪眼《じゃがん》とかそういうネタにできれば良かったんだけど……あの時のことを思うと笑えない。ただ一つ言えるのは……僕の勝手な行動で誰も傷つけてはいけないということだ。そのためにどうすればいいか、それだけに注力しよう。

今日は休日。そしてアリサの家へ家事代行のお仕事に行く日だ。この前、大月さんがとんでもない爆弾をしかけたせいでアリサを意識してしまって落ち着かない。

おまけに毎晩、アリサの写真を送ってくるせいで……いろいろと妄想《もうそう》、って何もしてないし！　大月さんのメッセージをブロックしようかと思ったけど、獅子の彼女だからとか、もっとおかしなことに発展しそうとか、結局言い訳を並べて何もしないでいる。

「はぁ……」

こうしてアリサを意識しすぎて困った僕は男として最低に近い手段を使ってしまった。

「にーにー！　早くいこっ」

「ひよりは天使だなぁ。お兄ちゃんみたいなクズな人間にならないように育ってくれよ」

「ふぇ？」

そんなわけで今日の家事代行は妹のひよりを連れていくことにした。少し前、僕が家事代行のお仕事のことを家族に話した時から、ひよりがアリサの家に行きたいと言い始めていたのだ。同居している紬がアリサの家の凄さを自慢げに話したのもきっかけの一つ。なのでアリサに一度相談したところ、アリサはひよりが来ることについては大歓迎だと言ってくれた。ひよりとアリサはあの遊園地以来だったし、アリサはひよりを溺愛《できあい》していたからね。

「紬ちゃんも一緒だったら良かったのにね」

ひよりの言葉に素直に頷けず、僕はあらぬ方に視線を向けた。あのイベント好きな紬が一緒に来なかったのだ。どうやら引っ越し前に住んでたところでの手続きが少し残ってたらしく、朝早くに出てしまった。てっきり今日の家事代行のお仕事にもついてくると思っていたのに。

「じゃあ行こっか」

「うん」

家を出て、少し歩き……僕は彼女と出会ってしまう。

「あ」

そこには親友の家に近づこうとしている女の姿があった。うーん、何だ？　何かがおかしい。

だが顔は間違いなくあの子だ。

「おはようございます。大月さん!!」

「何で大きな声出すの！　……小暮くんに見られたくなかったのに」

獅子の恋人、大月雫であった。彼女と話すのは先の朝の騒動《そうどう》以来であるが……。

「まさかこんな朝早くから彼氏のとこに来るなんてね。獅子の家には親が不在だと知っているからほんとやりたい放題ですね」

「ちょっと発言がむかつく。朝ご飯を作りに来ただけだけど」

「へぇー」

その割に大きめのショルダーバッグを持っており、やや膨《ふく》らんでいる。これはおそらく弁当が入ってるな。この後、外に出て獅子と一緒にデートとしゃれ込むに違いない。

そして、今日の大月さんはいつもと印象が違った。普段結んでいるリボンを解いて、セミロングの髪を背中に流していた。ウェーブをしっかりかけており、非常にこだわった髪型なのが見てわかる。それに、お洒落《しゃれ》なスカートに半袖《はんそで》のブラウスで着飾っている。白い肌《はだ》がきらりと光っているから日焼け止めでも塗っているんだろうか。白肌を出して獅子の腕を組もうという算段なのかも。顔も普段、学校では見られない、薄いナチュラルメイクをしている。

「デートの時の大月さんってここまでやるんですね。これが色気づいてるってやつなんですか」

「ぐっ！」

「恋人がこんなに可愛い格好するなんて獅子も嬉しいだろうなぁ。僕もカワイイと思いますよ。カワイイカワイイ」

「はぁぁぁぁぁ。小暮くんにカワイイって言われてもね。一ミリも心に響かないよ」

「そんな深いため息つかれたの初めてですよ！」

この人、絶対僕を侮《あなど》ってるんだろうな。くそっ、毎日獅子とイチャついてるくせに。毎日親友のあられもない写真を送ってくるくせに。ひよりが僕の服を引っ張った。

「にーにー、この人誰？」

「ひよりは初めてだっけ。この人は大月さん。にーちゃんの知り合いだよ」

大月さんがひよりに近づく。

「ひよりちゃん、初めましてだね。大月雫っていいます。この間は一緒に遊べなくてごめんね」

「あ、お姫様みたいなおねーさんが言ってた優しい人？」

「優しいかどうかはわからないけどそうだよ。その綺麗なおねーさんとお友達なんだ」

「確かに優しくはないですよねぇ」

「小暮くんはうるさいなぁ」

笑顔で怒られてしまった。ひよりがぴたりと僕の足にしがみつく。

「……ひーかられおを奪ったおんな」

「へ？　小暮くんはひよりちゃんにどんな悪評を言ったのかな」

「さすがにそこまで性格悪くないですよ！　獅子と大月さんが交際したことを触りだけ。こういうのは遅かれ早かれだから」

「そうだよね……。小暮くんは鈍感《どんかん》で性格歪《ゆが》んでて、あんなにわかりやすいアリサに手を出せないチキンだけどそういうところは評価してるから」

「性格歪んでるのはお互い様ですよね」

ここぞってところでディスってくるんだよな、この人。アリサや紬、獅子には絶対言わない言葉を僕にだけ投げかけてくる。大月さんは腰を落としてひよりの目線に合わせて顔を寄せる。

「そっか、ひよりちゃんも獅子くんが好きだったんだね」

「結婚の約束もしたの」

「それは獅子くんが悪いなぁ。こんなに可愛いひよりちゃんを傷つけたんだもん」

大月さんはひよりの頭に手を置く。

「わたしもね、獅子くんのことが好きなんだ。だから獅子くんを好きな同士、ひよりちゃんと仲良くしたいの。だからわたしの知らない獅子くんのことを教えてほしい」

「ん。ひー、れおの良いところいっぱい知ってる」

「ほんと？　じゃあ今度クッキー焼いてくるから一緒にお話ししよ」

「クッキー大好き！」

「わたしもだよ！」

大月さんがひよりの両手を掴《つか》む。ひよりはすっかり大月さんに気を許してしまったようだ。

ちっちゃいとはいえ恋敵《こいがたき》を味方につけてしまうこの話術、獅子のファンクラブのボスの座を乗っ取っただけのことはある。食べ物で釣ってるところもあざとい。ひよりはお菓子大好きだからな。

「そうやって味方を増やすんだ。すっげー」

「小暮くんうるさいぞ。ごほん、わたし、ひよりちゃんとお友達になりたいな。お友達になってくれる？」

そんな大月さんの言葉にひよりは頷いた。

「ん、雫とお友達になる」

「ありがと。じゃあひよりちゃんは獅子くんを起こしに行ってくれないかな？」

「わかった」

たたたっとひよりは獅子の家の中に入っていく。こんなにあっという間にひよりが懐《なつ》いてしまうとは……。さすが大月さん。

「で」

ものすごく低い声で言うんだな、これが。

「今日、アリサの家でお仕事だよね。何でひよりちゃんを連れていくのかな」

「大月さん、目が据《す》わってるんですが」

「紬さんに続いてひよりちゃんだなんて、そんなにアリサと二人きりが嫌かコラ」

ついに獅子には絶対言わなさそうな言葉まで出てきたぞ。だがこれは想定内。

「今回、アリサには事前に連絡しています。むしろアリサがひよりを所望《しょもう》したんですよ。それがわからない大月さんではないはず！」

「そうだね。アリサなら多分、喜ぶだろうね。ひよりちゃんのことをよく話してたから」

「ですです」

「ならアリサと付き合えばもっと喜ぶんじゃないかな。ひよりちゃんだってお姫様みたいなお姉さんが欲しいと思うよ。正直、お姫様ってガラではないけど」

「ここぞってタイミングでねじ込んできますね」

「今日も起こしに行ったら下着姿で寝てたよ。写真撮ったけど見る？」

「見た……うぐぐぐ、見ません」

「ちっ」

大月さんは僕とアリサをくっつけようとしてくる。僕の事情なんてお構いなしだ。

「でも解《げ》せないんだよね。昨日の夜、アリサと会ってたけどひよりちゃんの話はしてなかった。つまり直前に小暮くんからアリサにひよりちゃんを連れていくって話をしたんだよね」

「ええそうですがそれが何か」

「にーにーも雫も行かないの？」

ひょっこりと戻ってきたひよりが声をかけてくる。

「ねぇひよりちゃん」

「なぁに」

「アリサの家に行こうって言ったのはひよりちゃんから？　それともお兄さんから？」

「にーにーが行こうって言ったの」

「おわあああああっ！」

「ひよりちゃんはもう一度獅子くんのところへ行ってて。後で追いかけるから」

「わかったぁ」

ひよりが向こうへ行ってしまう！　待って、僕を一人にしないでくれっ！

「おい小暮」

「ひっ！」

「ちょっと今からおまえを説教する。二時間ほど」

「嫌なんですけど!?」

何という威圧《いあつ》感。百五十センチちょいの大月さんに何で僕は恐れ戦《おのの》いているのだろうか。

「まさかここまで小暮くんがチキン野郎とは思わなかった。よくそれで、わたしがアリサと喧《けん》嘩《か》した時、わたしに説教かましてきたよね」

「あはは、だってアレは大月さんが悪いでしょ。悪いと思ってるからずっと自己嫌悪してるんでしょ？　何言ってんの」

「いらっ！　開き直ってるところがまた腹立つ！」

大月さん相手だとわりと好き放題言えるところがある。ま、これはお互い様なんだろう。大月さんは多分獅子にはきつくは言えないだろう。そして僕もアリサにはこの心の内を上手く言えないと思う。

「どうしてアリサは小暮くんなんかを……」

「それについては僕も同じことを思いましたけどね」

「アリサが小暮くんに惹《ひ》かれる理由はわかってるんだけど、共感はできない」

「それも同じですよ」

獅子が大月さんに恋をした時、何でと思ったけど……彼女を知る内にその理由がわかってきた。獅子はもう大月さんを手放すことはないだろう。彼女が僕の天敵だったとしても獅子はきっと彼女を見続ける。

でも僕には獅子の気持ちはわかってもアリサの気持ちはわからない。大月さんに言われたからといって全てを信じることはできないのだ。だから動揺するし、壁を挟《はさ》んで時間稼《かせ》ぎをしたくもなる。

「ほらっ、正座しなさい！」

「道路で!?」

「なんだよ、うるせぇな」

獅子の家の二階の窓が開く。そこから顔を出したのは学校一の人気者、平沢獅子だった。良いところで出てきてくれた。

「獅子助けてくれぇ！」

「どうした涼真！」

獅子は僕の危機にはいつだって助けに来てくれる。

「大月さんに折檻《せっかん》されるっ！」

「獅子くん」

僕の叫びは冷徹な言葉に被《かぶ》せられた。

「ひよりちゃんが起こしに行ったから一緒に遊んでて」

「……。おう、わかった」

「なにぃ！　獅子、大月さんの言うことは聞いちゃいけない」

「わりぃ涼真。俺は雫がファーストなんだ。ひよりに会ってくる」

「僕を置いて行くなアアアア！」

ぱしゃりと窓が閉められてしまった。

残るはなかなか形容しがたい表情をする大月さん。この危機にどうする！　その時、突然ピリリと音がした。スマホからだ。チャンスと思い、通話を繋《つな》ぐと、相手はアリサだった。

「どうしたの？　今からひよりを連れてそちらに行く予定だったけど大月さんとばったり会ってさ」

『ごめんなさい！』

それは突然の謝罪だった。

『実は今日、別の予定が入ってたのを思い出して……。ダブルブッキングしちゃったの。本当にごめんなさい』

「ああ、そういう」

どうやら前々から約束していたことがあったようだ。昨日ひよりを連れていっていいか聞いた時、脊髄《せきずい》反射で受けてたけど、今日の朝、別の用事と被ってることを思い出したのか。

『本当にごめんなさい！　ひよりちゃんも楽しみにしてたよね……』

「そうだね。お姉さんに会えるって楽しみにしてたから」

『うぅ……』

「でも安心して。ひよりは聞き分けのいい子だし、僕がちゃんと宥《なだ》めるから。だから次に会う時にはひよりに構ってあげてほしい。それできっと上手くいくから」

『涼真優しい……。ありがと、絶対次はこんなことないようにするから！』

その後僕とアリサは一言、二言話をして通話を終えた。通話を切った途端《とたん》、大月さんがため息をついた。

「アリサったら、一週間予定を間違えたんだと思う。昔からよくやるから」

「さすが幼馴染み」

「でも対応は完璧《かんぺき》。これでますますアリサは小暮くんを好きになったかもね」

「そ、そんなことないと思いますけど」

そういう言われ方をすると照《て》れてしまう。アリサに気を遣《つか》わせることはしたくなかっただけなんだ。

「これで小暮くんがひよりちゃんを出しにしてなければ素直に喜べたんだけど……」

「その件は、あはは……」

「笑って誤魔化《ごまか》さないで。それで今日はどうするの？　多分アリサは終日帰ってこないと思うから、家事代行もお休みでいいと思う」

そうか。せっかく外行きの準備をしたのにもったいないことになってしまったな。ひよりの気持ちを考えるならどこかに遊びに行くのがいいんだけど。

「じゃあ一緒に遊ぶ？　アリサのスケジュール管理を怠《おこた》ったわたしの責任でもあるし」

「大月さんはアリサを甘やかしすぎだと思う。でもいいんですか？　獅子が残念がるんじゃ」

「こういう時獅子くんがどう思うか小暮くんが一番理解してるんじゃないの」

大月さんと二人きりで遊べないことを十秒だけ悲しんで、その後僕とひよりと合わせて四人で遊ぶことを全力で喜ぶ男だよ。獅子ならきっと受け入れてくれるだろう。

「ありがとうございます。ひよりを悲しませずにすみます」

「じゃあ、獅子くんのところに行こっか」

先にひよりが獅子のところへ行っている。僕たちも後を追うことにした。そして大月さんはにこりと笑みを浮かべる。

「でも二時間の説教は必ずするからね。それは忘れないでよ」

「それはやるんですね。ひぇ……」

僕と大月さんの関係は相変わらずこんな感じであった。四人で楽しく遊んで、翌日に紬やアリサに羨《うらや》ましがられたのは言うまでもない。


そして翌週。部活動の時間になる。部長に呼び集められた全バスケ部員が目の前の光景に驚きを隠せなかった。

「柊《ひいらぎ》紬といいます。バスケについては初心者ですけど精一杯応援したいと思いますのでよろしくお願いします！」

「おおおおおっっ！」

バスケ部員熱狂。黒髪美少女転校生の紬の噂《うわさ》は何も一年生の間だけで広まってるわけじゃない。

　二年生、三年生にも伝わっており、一目見ようと僕のクラスに来ることだってあった。そんな紬がバスケ部のマネージャーになるんだ。熱狂しないはずがない。

「けー。紬が来んのかよ。昔みたいに泥茶《どろちゃ》とか飲ませてこねーよな」

　獅子は当然ご立腹。相変わらずの憎《にく》まれ口。ケンカするほど仲がいいとも言えるからそこは気にしないでおこう。

　そして。

「朝比奈アリサ。よろしく」

「うおおおおおおおおっっ！」

　何でアリサがここにいるんだよ。腕を組んでいつものようにツンとした態度でそっぽを向いた。学校一の美少女の存在だけで単純な男子生徒は皆、沸く。

「部長！　バスケ部に仮入部したいという奴《やつ》らが大勢！」

「却下だ。来年まで誰も入部は許さんからな！」

　堅物《かたぶつ》部長の言葉にとりあえず安心はする。噂を聞きつけた男子たちが集まってきたのだ。そりゃそうだ。アリサと紬が男子バスケ部に入るんだからな。

「あの〜。マネージャーのお仕事は誰から教われればいいですか？」

　紬が部長に声をかける。その紬の仕草《しぐさ》に、堅物部長は顔を赤くしてしまう。紬ってナチュラルに男を煽《あお》る仕草をするんだよな。甘え上手は昔からか。

「お、おう。誰か教えてやれ！　一年ども！」

「俺が教えてやるよ！」

「任せてくれ！」

「二人ともオレが責任を持って」

「涼真に任せりゃいいだろ。いつもおまえら雑用は涼真に押しつけてんだからさ」

獅子の言葉に男子部員は静まる。獅子は僕を見た。

「任せていいか？」

「いいよ。僕なら全部教えられるし」

獅子がいいよなと睨《にら》み、同級生たちがたじろぐ。バスケ部はマネージャーがいないため一年生が交代制で雑用をする。道具の整理はみんなやるんだけど、お茶作りとか洗濯とか嫌がる人が多くてね、僕が率先《そっせん》してやっていた。獅子も気づけば手伝ってくれるんだけどバスケ部のエースは腕を磨《みが》いてほしいので上級生のところに送り出すことが多かった。

「紬も朝比奈も涼真なら安心できるだろ」

「獅子にしてはいい判断ね。たまには使えるところもあるじゃない」

「まぁ……。涼真が教えてくれるなら」

「言っとくけどちゃんと覚えろよな。涼真に迷惑かけんなよ！」

「はぁ？　ねぇ紬、この男何様だと思う」

「アリサちゃん、こいつ滅しようか」

会話を聞けば、三人バチバチやってるんだけどなぁ。

「あの三人の顔面偏差値やべぇ……」

「獅子の奴、彼女いるのに二大美少女とも仲いいのかよ」

「イケメンに美少女が集まるんだな」

関係を知らないとこうなるんだよな。獅子を取り合ってる二人の美少女という構図になる。

実際、獅子は大月さんにぞっこんだし、あの二人は……。うん、やめよう。

「紬、アリサ。こっちに来て、お仕事を教えるよ」

そうして二人に、バスケ部でのマネージャー業務を教える。最初は僕が付きっきりの方がいいだろうな。アリサが近づいてきた。

「ねえ、涼真。これはあっちに持っていけばいいの？」

「ふわあっ!?　あ、えっと……うん」

「どうしたの？　顔が赤いけど」

「何でもない！　なんでもないんだ」

大月さんのせいで必要以上に僕はアリサを意識してしまってたりする。このアリサが僕を好きなんじゃゃって思うと……うぅ。落ち着け僕。いつも通りにするって決めただろ。

写真のアリサも可愛いんだけど、動いているアリサは段違いに魅力的だ。あの綺麗な声で僕の名前を呼ぶところがまた……。アリサは荷物を持って向こうに行った。話すなら今しかない。側で作業をする紬に声をかける。

「アリサは何でマネージャーになったの？　正直マネージャーのイメージがまったく見えないんだけど」

「今日のお昼にね。バスケ部のマネージャーになるって言ったらアリサちゃんと雫ちゃんが固まっちゃって……。もちろん、雫ちゃんに言ったよ。獅子にはぼろぞうきんしか与えないから安心してって」

二人が固まったのはきっとそっちじゃない。けど僕の口からは絶対言えない。大月さんかなり紬を警戒《けいかい》してるもんなぁ。僕と紬はただの幼馴染みだって言ってるのに。

「それでアリサちゃんも一緒にマネージャーになってくれるって。一人だと不安だけど二人なら安心だね！」

「左様《さよう》ですか」

天然というかマイペースというか。紬の純真さが眩《まぶ》しく思える。しかしこのタイミングでアリサが部活に入る理由なんて……。大月さんに言われなかったからきっと僕も鈍感ムーブをしていたことだろう。アリサもバスケが好きになったんだと喜んで怒らせる気がする。いや、本当にバスケが好きになったのかもしれないけど。

一通り基礎練習が終わり、試合形式の練習となる。エースの獅子は今日も好調といったところ。一対一で敵《かな》う部員は三年生でもいない。

そんな中、女バスや女バレの選手がそんな獅子を見に集まってきた。でも獅子の動きは変わらない。獅子が絶好調になるのは愛する大月さんが来た時のみ。その時は異次元のような動きをするんだよなぁ。

紬とアリサはタオルと飲み物の準備をしていた。ちなみに僕も今はプレイ中なのであまり二人を眺《なが》めてはいられない。走るのしんどー。ん？　気づけば紬が何でか体育館の壇上に登っていったようだ。両手にはなんだあれ……ポンポン？

「いっくよー！」

紬は大きく両手を挙げた。

「バスケ部ーっ！　頑張れ、頑張れ！　フレーッ！　フレッーー！」

それは思わずプレイを止めてしまうほど鮮烈であった。体操着の紬がスムーズな動きと大きな声で応援を始めたのだ。

その動きはとても柔らかだった。長い手足を大きく動かし、ジャンプはとても高く何より……。凄く良い笑顔で大きな声が出ていた。まるで、紬がチアリーダーの格好をしているかのように錯覚してしまった程だ。

「プレイに集中しろ！」

部長の声に皆、練習に集中する。だけど紬の応援の声に力がみなぎるみたいで、いつもより力強いプレイができるようだ。

「すげぇな」

思わず獅子がボヤくくらい紬のチアはキレていた。バク転までするし、あんなに運動神経良かったんだ。この応援が公式試合で見れたら大きな力になるだろうな。幼馴染みの知らなかった一面を見た気がした。

練習試合が終わり、すっきりとした表情を浮かべる紬とすぐに駆け寄ったアリサに近づいていく。

「あ、涼真」

「紬、凄いね。あんなこといつの間にできるようになったの」

「私もびっくりしたわ。応援しようって言うから何するのかと思ったけど……あなた、前の学校でチアとかしてたの？」

「うーん、まぁ……そんな感じかな」

「ウチにもチア部はあったはずよ」

「そこまでじゃないよ！　あくまで試しにやっただけだから」

だけどあの紬の動きは素人目《しろうとめ》にも凄かった。まるでテレビで見る日本一の高校生チアの選手のような迫力のある動きだった。

「じゃあアリサちゃんもやろ！　二人でみんなを応援するの！」

その言葉に部活メンバーが沸く。

「朝比奈さんもチアを！」

「やっべぇちょーみてぇ」

「あの豊満な体で動くってことだよな」

「二大美少女最高すぎる！」

そんなことを口走っている部員たちを、アリサはきりっと睨みつける。

「するわけないでしょ！　タオル配るから並びなさい！」

アリサの怒号《どごう》に男子たちは後ずさり、紬のとこも併《あわ》せて二列に並び始めた。みんな嬉しそうな様子で待っている。美少女から貰《もら》うなんて最高だもんな。一人一人が彼女たちに話しかけるので長蛇《ちょうだ》の列になっていた。握手会かな。何か男バレーの部員も交じってないか！

「ふぅ」

僕もタオルもらおうかと思ったけど、これじゃ体が冷えちゃうな。外に出ようか。体育館から出て僕は洗い場へと向かう。獅子も紬もちゃんと普通の学校生活を送っている。僕だけかな、こんな小さな悩み持ってるのは……。

「涼真」

「あ、アリサ!?」

いきなりアリサから声をかけられてびっくりする。今日は二人きりではアリサと話せていない。

『アリサは小暮くんのこと好きなんだよ』

くっそ、あの言葉のせいでアリサを直視できないんだよ。

「タオルをみんなに渡してたんじゃ」

「紬に全部託《たく》してきた」

「ひどっ！」

アリサちゃん!?　って言ってそうな紬の顔が目に浮かぶ。そしてアリサは大きなタオルを手に持っていた。

「私がバスケ部に入ったのはその……対抗意識もあるけど、純粋に応援したいって気持ちがあったからよ」

「あ、ああ……バスケ部をね」

「違うわ」

アリサは首を振ってそれを否定した。少しだけ顔を赤くし、アリサもまた言い淀《よど》んでいる。

何を言うのだろうか。でも何となく予想してしまっている自分がいる。

「わ、私が応援したいのは涼真だけ……。あなたを応援できればそれでいいの！」

「アリサ」

「そ、その何というか私と涼真は……親友だから！」

まるで告白するように顔を真っ赤にして言うその姿が大層可愛らしく映った。アリサはばっと近づいてきて、汗《あせ》ばむ僕の上半身に大きなタオルを被せる。

「女の子に汗拭《ふ》いてもらうのって憧《あこが》れるのよね！　前言ったの覚えてるもん」

獅子が大月さんに告白するのを二人で見た時だったか。僕は確かに憧れるでしょうって言った気がする。でもこれは……。アリサが真正面から僕の汗を拭いてくれている。ドキドキしてもっと発汗《はっかん》しそうだ。

「何か最近の涼真、変だと思う。全然私と目を合わせないもん」

「……ごめん」

「先週の朝、雫と会ってたの知ってるよ。それからだよね。何話したか気になるけど……聞かないようにする」

「大月さんから何か聞いた？」

「雫も隠そうとしてたけどわかるもん。ああ見えて隠し事が下手なのよ、雫は」

そういえば獅子にも言われたことがある。僕は隠し事が下手だって。そういうところも大月さんと似てるんだろうか。

「私のこと……嫌、じゃないんだよね」

アリサは寂しそうに顔を俯《うつむ》かせた。違う、そんな顔だけはさせたくない。

「それはないよ！　アリサと一緒にいられる今がとても楽しい」

「っ！」

それは素直な気持ちだ。獅子が大月さんと付き合って抜けてしまった親友という名の穴をアリサが埋めてくれたんだ。家事代行のお仕事だって楽しいし、正直、僕はアリサのことを……。

「ごめん、変に意識してしまってる。でもすぐに元に戻るようにするから！　ちょっとだけ待ってほしい」

「いつまでも待つから」

アリサはにこりと笑う。

「涼真の気持ちが落ち着くまでいつまでも待つわ。……今、はっきりさせると、良い結果にならなそうだし」

「……」

「でも意識してくれてるってことはちょっとは望みあるってことだもんね。恥ずかしくて言葉にできないけど……嬉しいのは嬉しいから」

言葉にできないこの気持ち。そう、それはあるんだ。僕がこの過去を吹っ切って正直になればきっと……彼女が誰よりも近い存在になる。

「でもおばあちゃんになるまでは待てないし、他の女の子にデレデレするのは……むぅだもん」

「ぜ、善処します」

「なぁ紬」

「なぁに獅子」

「やっぱ朝比奈って涼真のこと好きなのか？」

「はぁ？　アリサちゃんの変化がわからないなんてやっぱ獅子はまだまだね」

「うっぜ。俺には雫がいるからな。ま、涼真があの時のことを吹っ切ってくれるなら……俺は朝比奈でも紬でも誰でもいい」

「何か言った？」

「なんでもねー。ほら、マネージャー。さっさと戻って仕事しろ」

「うるさい。指図しないで。……」

紬は振り返り、照れた様子の涼真の汗を拭くアリサの姿を見続けていた。

（涼真とアリサちゃんの仲良しぶりを見てると何かモヤっとする……。何でだろう。でも二人を応援するって約束したし、この学校では失敗しないって決めたんだ。もう一人にはなりたくない）

第三章 「幼馴染みの危機」

あれから少し時間は流れて穏《おだ》やかな日を過ごしている。体育館でちゃんとアリサと会話できたおかげで以前のような気安い関係に戻れた気がする。それでもアリサを見るとやっぱり可愛《かわい》いなと思い、意識してしまうけど。

そんなわけで今日も家事代行のお仕事でアリサの家にいる。だけど家主はおらず、僕一人でこの広い家の家事を行っていた。今日はアリサがアルバイトで夕方まで帰ってこない日だ。初めて会った時に家庭教師のバイトをしてるって言ってたっけ。

頭を使って帰ってくるだろうからパンケーキを焼いてあげようか。冷めても美味《おい》しいパンケーキのレシピはどこだったかな。アリサが獅子《れお》と好みが似ているのがありがたい。獅子が好きだったものをそのまま作ってあげたら喜ぶもんな。パンケーキを前に顔を綻《ほころ》ばせるアリサの姿を想像したら思わず笑ってしまうな。

ガチャリ。その時、扉の開く音がして、僕は振り返った。そこには見慣れぬ男性がいて……僕は言葉を失った。

「誰だ」

見たことのない男性の姿に一瞬肝《きも》が冷える。だが、獅子のストーカーに刃物突きつけられた時に比べたら百倍マシだ。慎重に、その男性の姿をじっと眺《なが》める。上背《うわぜい》があり、顔立ちがとても整っていて、金色の髪にエメラルドグリーンの瞳《ひとみ》。まるでアリサを男にしたようなその姿に当てはまる人が頭の中に浮かび上がった。

「もしかして……アリサのお兄さんですか？」

「雫《しずく》の代わりに雇《やと》った家事代行か。アリサが言ってた」

やっぱりアリサのお兄さん。確か静流《しずる》さんだっけ。めちゃくちゃイケメンだぁ。一つ年上だったはず。

「えっとお兄さんはどうしてここに……」

「ここは俺の実家なんだが」

「そりゃそうですよね……。あ、今アリサはアルバイトに出ていて」

「アリサに会いに来たわけじゃ。む、良い匂《にお》いがするな」

焼けたばかりのパンケーキをお皿に載《の》せたばかりだった。お兄さんがキッチンを覗《のぞ》いてじっとパンケーキを見ている。

「アリサ用に焼いたんですけど……食べます？」

「食べる」

言い方が妹そっくりだな！


「うまっ……うん……。これはなかなか。君は料理上手だな」

「ありがとうございます」

「おかわりはないのか」

「あ、すぐ焼きます！」


もう三枚目なんだけど、何枚食べるんだこの人。

しかし美味しそうに食べるなぁ。さっきまできりっとした顔だったのに食事している時は穏やかな表情だ。まるでアリサを見ているようだ。

なるほどな。大月《おおつき》さんがこの人を好きになった理由がわかった気がする。イケメンでご飯を美味しく食べてくれるんだから大月さん的にはたまらんだろうな。今度このイケメン好きってからかうことにしよう。今も毎日アリサの画像を送ってきやがるから。

アリサの話では、水泳をやっているんだっけ。そしてアリサと大月さんの幼馴染《おさななじ》みの水原《みずはら》心《こころ》さんと交際している。あの騒動《そうどう》大変だったんだよなぁ……。お兄さんは結局、パンケーキの具材がなくなるまで食べ尽くしてしまった。もうないのかと言われ、正直ちょっと呆《あき》れてしまう。お兄さんに話をしようと言われて対面して座る。そして一言。

「アリサと付き合っているのか」

「ぶふっ！　い、いえ……そのようなことは」

当たり前のように言われて混乱する。

「俺は友人が少なくてよく知らんのだが、バイトとはいえ、異性の家に行くのは特別な関係ではないのか?」

「おっしゃる通りですが……その、アリサとは親友ですので」

火照《ほて》る顔を押さえつつ、お兄さんの追及をかわす。こっちも聞いておかないと……。

「お兄さん的に、僕がこの家にいて良かったんでしょうか。もちろんアリサや大月さんから許可はもらってますよ」

「雫が大丈夫って言ってるなら俺は何も言わん」

「アリサじゃないんですね……」

大月さんの評価たけー。なんでどいつもこいつも大月さんの評価高いんだ。恋人の獅子。幼馴染みのアリサや水原さん。そして静流さん、おまけに紬《つむぎ》やひよりまで大月さんは良い子だと言う。

あの女、性格悪っ！　って思ってるの僕だけじゃないか。この世は大月ハーレムじゃないかって思い始めてるんだぞ。

「でもほら……僕も妹がいるのでわかりますが心配じゃないですか。妹は幼稚園児なんですが仲のいい男の子ができたらって思うと本当に心配で！」

「そうだな。いや……普通はそうなのかもしれん」

「え？」

「アリサは兄の俺が言うのも何だが綺麗《きれい》に育ちすぎた。ゆえに男という存在に憎《にく》しみすら感じているように思う」

「それは……」

初対面の時の攻撃的なアリサを思い出す。獅子とだって強く敵対してたし……。そうだったな。

「正直俺はそっちの方が心配だったんだよ。でも君がアリサを変えたようだ」

きりっとした表情を見せていたお兄さんの瞳が穏やかになったように思えた。お兄さんなりにアリサのことが心配で、もしかしたら今日来たのもアリサではなく僕を見るためかもしれない。

「それに美味《うま》い飯《めし》を作るやつに悪い奴《やつ》はいない」

「なんですかそれ……ふふっ」

アリサのお兄さんだけあって言っていることが少しずれてて面白《おもしろ》い。いつの間にか僕は静流さんと話が弾《はず》むようになって、アリサのこと、学校のこと、静流さんのこと、水泳のこと、様々なことを話した。時間があっという間に過ぎていくようだった。

「メシは他にも作れるのか？」

「ええ、一通りは。大月さんほど手の込んだものはできないですけど」

「雫のメシも久しぶりに食べたいな。だが雫にも彼氏ができた以上、気軽には頼めないか」

とても複雑な関係なんだよな。もし大月さんの料理を薦《すす》めてしまって、大月さんがお兄さんに再び恋をして獅子が失恋する。そして幼馴染みの間に亀裂《きれつ》が入ってアリサが泣く。そんな未来にしてはいけない。僕にできることは。

「だったら僕が作りましょう！　静流さんの好む食事を僕が」

「ふむ」

お兄さんがじーっと僕を見る。

「ならお願いしようか」

「え？」

「高校を卒業したら海外にも遠征に行く予定なんだが、メシの問題が深刻でな。アリサほどではないが俺も異性には苦労した方でなるべく同性で固めたいんだ。優《すぐ》れた人材は今のうちに確保しておきたい」

「ぼ、僕はあくまで素人《しろうと》ですよ！」

「プロの栄養士も雇うし、そこは気にしなくていい。君のことが気に入った。是非《ぜひ》とも俺の将来のため」

「し・ず・る。何言ってるのかしら」

突然現れたのは怒った表情を浮かべるアリサだった。腕を組んで椅子《いす》に座るお兄さんを見下ろしている。お兄さんは顔を上げて、アリサの方を見た。

「よく見つけてきてくれた。感謝する」

「静流のためなわけないでしょ！　あ、パンケーキの匂いがする。涼真《りょうま》、作ってくれたの！」

「それなんだけど……お兄さんが全部」

「は？　おかわりは……」

「具材全部使っちゃって」

「美味かったぞ」

パコーンとお兄さんの頭をアリサはぶったたく。この二人の関係性が見えてきた気がする。

「夜メシも作るんだろう。俺の分も作ってくれ。食ったら帰る」

「ちょっと！　涼真は私のなんだけど！」

「給料は家から出てるんだろ。だったら俺にも権利はあるはずだ」

「むかつくー っ！　静流はいつも美味しいとこだけ持ってく！　顔と水泳だけのくせに。心も雫も何で惑《まど》わされるの！」

「ははは、なんでそこで心と雫が出てくるんだ」

「この天然なところがまたむかつくのよーっ！」

なんてひどい会話だ。一つ違いの兄妹だし、ケンカするほど仲がいいと言えるのかもしれない。僕と天使なひよりではこうはなるまい。ってかひよりに怒られたら泣く。やっぱりお兄さんは大月さんの想いに気づいていなかったんだな。もう終わった話だし、蒸し返す必要はないけど。

「涼真といったな。さっきの話考えてくれるか？」

正直なところ悪くない話だと思う。ここでお兄さんとつながりを持っておけば将来的にもきっと役に立つ。でも……もし関係性を持つのであれば。

「涼真は私といるの！　絶対に誰にも渡さないから！」

「ちょ、アリサ」

アリサは僕の腕を掴《つか》んで引っ張っていく。そのまま階段に差しかかった。

「アリサっ！」

お兄さんの声がアリサの足を止める。お兄さんは美麗な顔立ちのまま鋭い目でこちらを見ていた。

「晩飯は十九時頃がいい。肉が食べたい」

「死ねっ！」

そのまま引っ張られ、アリサの部屋へ突入した。アリサはベッドの上に座り、僕は床に座る。

「まったくバカ兄は」

「駄目だよアリサ。お兄さんに死ねなんて言ったら」

「なによ。涼真は静流の肩を持つの」

「そうじゃなくて、妹に死ねなんて言われたら兄は……。僕はひよりに死ねって言われたら死ぬ」

「そっか……涼真ってシスコンだったもんね」

ひよりもあと十年くらい経《た》ったらアリサみたいに死ねって言う子になっちゃうのかな。イヤだぁぁぁ。天使はそのままでいてくれぇ。

「静流は昔からあんな性格よ。水泳以外何にもできないポンコツのくせに……顔がいいもんだからって、何よその顔」

「何でもありません」

アリサがお兄さんに似ているのか、お兄さんがアリサに似ているのかどっちだろうな。口に出したら腕を組んだまま叱《しか》られるのは間違いない。それにしても。

「アリサの部屋に来るのは久しぶりだね」

「え、ええ……そうね。無意識に連れてきちゃった」

家事代行といっても僕の仕事のメインは料理であり、アリサの部屋の掃除は仕事内容に入っていない。しかし大きな部屋だな。下手な一Kマンションの一室よりも広いんじゃないか。

前に来たのはそう、アリサが大月さんと喧嘩《けんか》をしてしまって体調不良に陥《おちい》った時か。

「あの時ここで涼真に……。それから私は」

「アリサ?」

「何でもないっ!　そんな床に座らずに……こっち来てよ。ベッドの上でいいから」

アリサのベッドはダブルサイズであり、非常に大きい。可愛らしいピンクのカバーにロングな枕まであった。たまに大月さんと一緒に寝てるって言ってたけど、コレなら二人でも余裕だな。しかし女の子の部屋に男女が隣同士。否応《いやおう》もなく意識してしまう。

「わ、私くさいかも!　ちょっと着替えてくるね」

「外出てようか?」

「ウォークインクローゼットだから大丈夫」

立ち上がったアリサは奥にあるクローゼットの中へ入っていく。

「鍵《かぎ》はかからないから今度は覗かないでね」

「の、覗かないよ!」

こないだ覗いてしまったアリサのお風呂シーンを思い出す。あんな失態《しったい》二度とすまい。

「ま、涼真なら覗いてもいいけど……」

「へ?」

「あ、やっぱ駄目!　お風呂入ってないし、着替えてないから今は駄目!」

今じゃなきゃ覗いていいのか!　クローゼットの中でガタゴト音がして、十数分。ようやくアリサが出てきた。

「おまたせ～」

寝間着《ねまき》とはちょっと違うかもしれないが、ピンク色を基調したサテン生地《きじ》のブラウスにホットパンツ。アリサが着れば何着たって似合うし、やはり学校一の美少女は誇張ではないなと思う。

「どうかな？」

たわわに育った胸を強調させ、豊富な金色の髪をかき分ける。アリサはほんと全《すべ》てにおいて完璧《かんぺき》だと言えるだろう。

「よよよ、す、す、すごく似合ってる」

月並みの言葉しか言えない。くっそ、四人で遊んだ時は意識せずに言えたじゃないか。これも全部大月さんのせいだ。大月さんが、アリサは僕のことが好きだというから。これもアリサからのアプローチじゃないかって思えてくる。実際アプローチだったら効果は絶大だ。連日送られてくる大月さんのアリサ写真よりもやはり実物の方がとんでもなく可愛らしいのだから。

「じゃあ……いつものいいかな」

「……うん」

「おじゃましまーす」

ベッドで座る僕の膝《ひざ》にアリサは寝転んでくる。

家事代行のお仕事の一つ、甘えん坊アリサちゃんとお話をしようだ。この状態の時に頭を撫《な》でてあげると凄《すご》く喜んでくれるので僕はひよりだと思って頭を撫でている。ひよりが金髪でどこ触っても柔らかそうな恵体になったらびっくりだが。

「りょーま、頭撫でてぇ」

「はいはい」

この状態のアリサは時々ＩＱ幼児並みの知能で語りかけてくることがある。大月さんに対してもこんな感じで甘えているのだろう。獅子もそーいや、バスケの試合の後はこんな感じだったっけ。男同士だからベタベタすることはなかったけど。アリサの金色の髪は完璧すぎるな。風呂入ってないのにつやつやだよ。

「アリサのバイトって家庭教師だっけ。どんな子を教えてるの？」

「今、中学三年生の子なの。父の幼馴染みの子でね。もしかしたらうちの学校に来るかも」

「そうなんだ！　それは楽しみだね」

「人懐《ひとなつ》っこくて可愛い子だから涼真は仲良くしちゃだめ」

「駄目なの!?」

この流れで意味がわからないが深く掘り下げることもないだろう。こうやって頭を撫でているといつの間にか眠ってしまうこともあるし、ずっと喋《しゃべ》り続けることもある。アリサにとって安らぎになっているのならいい。僕にとっても正直安らぎになっている。

「涼真は将来のこと考えてる？」

突然の質問に安らぎを感じていた僕の意識が現実へと戻る。

「正直なところ、何も考えてないよ。漠然《ばくぜん》と大学に入って、漠然と就職して……、正直やりたいことが見つからないんだ。アリサはどうなのさ」

「大学には行くと思うけど、多分高校を卒業したら起業すると思う」

「起業!?」

「うん、ママが手を貸すからやってみなさいって」

「す、すごいね」

「結局適性を見てるだけよ。私に経営センスがあるかどうか。若い内にいろいろやっておけば様々な選択肢《し》を得られるから。今の家庭教師のバイトもその一つ。教えるってのは特別な技能だから」

「アリサはすごいね」

同い年なのにここまで考えているなんて……。自分が情けなく思えてきた。

「その……私ってさ。正直ポンコツなところあるし、家事何にもできないし……お嫁さんみたいなことは多分一切できないと思うの」

「アリサのイメージじゃないよね」

「だからもし良かったら、涼真が嫌じゃなかったら手を貸してくれないかな」

「僕がアリサの……?」

「初めは雫にお願いしようと思ってたんだ。そしたら将来の夢は平沢《ひらさわ》くんのお嫁さんかなみたいなことぬかすから……」

「イタイ」

アリサが僕の太ももに爪《つめ》を立ててくる。獅子への嫉妬《しっと》を僕にぶつけないで。起業か……それで僕に白羽の矢が立ったということか。

「さっき静流さんが言ってたことに似てるね」

「そうよ！　まったく静流ったら……。静流を選ぶくらいなら私を選んでほしいな……。だめ？」

僕もちょっと考えてみる。お兄さんの提案はありがたいけど……もしアリサとお兄さん、どちらを選ぶかと言われたら。

「僕はアリサを選ぶよ。僕にとって君が一番だから」

「〜〜〜〜っ」

アリサは顔の向きを変えて、太ももに埋めていた。何かちょっと恥《は》ずかしいことを言ってしまった気がする。わ、話題を変えよう。

「アリサの髪って本当に綺麗だよね！　何か使ってるのかな。ひよりの髪とかも同じようにしたらいいなって思って」

陰《いん》キャ特有の早口。

「……お手入れはしてるよ。ヘアオイルにもこだわってるし。毎日力入れてるもん」

「へ？　どうして」

「毎日頭を撫でてほしいからに決まってるし」

「……あ、そういう！」

まさか、僕に頭を撫でてほしいばかりに手間暇《てまひま》かけているのか。嬉《うれ》しいけど……めちゃくちゃ恥ずかしい。でもそうだよな。この髪の触り心地最高すぎるもん。

「本当に何度触っても飽きないよ」

「だったら」

アリサは起き上がって僕の側《そば》に体を寄せてくる。その艶《つや》っぽい唇《くちびる》に目がいき、僕はアリサに見惚《みと》れた。

「他のところも触ってみる？」

「え……」

「涼真なら……いいよ」

それはどこのことだろう。その強調された胸とか、白く瑞々《みずみず》しい太ももとか……それとも。

これがアリサからの誘いだというなら僕は……。

「じゃあ……手のひら、いいかな」

「ん」

アリサの差し出した手を掴み、ゆっくりと触れていく。小さくて柔らかくて女の子の手だ。

「涼真の手は温かいね。バスケやってるからかな」

「そうかも」

僕とアリサは両手を合わせて互いの手のひらの感触を確かめ合った。このまま恋人繋《つな》ぎのように指を絡《から》ませてそのままベッドへ……なんてことをつい想像してしまう。今のアリサならそれも受け入れてしまいそうだから結局僕に意気地があるかどうかなんだろう。

「ねぇ涼真」

「な、何？」

「してもいいよ」

「何を!?」

「涼真のしたいこと」

この状況でしたいことなんて限られている。ベッドの上で男女が二人。アリサが求めてくれるなら僕は一歩踏み出すべきなのか。そのあまりに可愛い彼女の姿に見惚れ、少し力を入れようとしたその時だった。

「おい！」

アリサの部屋の扉を開けて、静流お兄さんが乗り込んできた。

「いつまで待たせるんだ。俺は腹が減ったぞ！」

気づけば時間は十九時を超えていた。僕とアリサは両手を握り合ったままベッドの上で向かい合っていた。

「……おまえたちやっぱり付き合ってたのか」

「ち！　まだ付き合ってないしっ！」

まだって言い方は違うと思う。

「俺も詳《くわ》しくはないが女子の部屋で男女が手を繋いでいたら付き合ってるもんじゃないのか？」

お兄さんの言ってることはごもっともだが……僕とアリサはそういう関係ではないのだ。

「いいから部屋から出ていって」

「アリサ、急に立ち上がったら危ないっ！」

「きゃっ」

バランスを崩《くず》したアリサが僕の方に倒れ込んでくる。僕は動けない。アリサを庇《かば》うにはこの体勢のままでいるしかないからだ。

「むごごごご」

「ひゃんっ！　涼真、もぞもぞしないでぇ」

幸か不幸かアリサの胸に顔を埋めることになってしまう。役得だけどボリュームがありすぎて、とても息が苦しい。僕は助けを求め、静流さんを見た。

「そうか。君が俺の弟になるのだな。早く済ませてメシを作ってくれ」

だが、そう言って静流さんは立ち去ってしまった。ああ、どうしてこうなったのだろう。僕はアリサの胸に埋もれたまま意識を失ってしまったのであった。

「涼真？　ちょ、涼真しっかりしてぇ！」

でもこんなラッキーイベントもたまにはあってもいい。そう思える日だった。

夏本番となり、太陽の下を歩くだけで汗《あせ》が吹き出す季節になってしまった。学業も部活も今は安定していて穏やかな気分でいられる。アリサとの関係も順調で二人きりの時にも変に意識してしまうことは少なくなり、親友として良好な関係を続けられている。獅子と大月さんのバカップルぶりは相変わらず。

ただ一つ、少し忙しいことになっているのが幼馴染みの紬だった。

「柊《ひいらぎ》さんお願いっ！　チア部に入って」

「えっと……」

バスケ部で見せたあの紬の応援が学内で話題になり、あっという間に噂《うわさ》が広まってしまったのだ。それを耳にしたチア部の先輩たちが毎日のように紬を勧誘していた。

アリサや獅子がびっくりするくらい紬のチアは素晴らしかった。ウチの学校のチア部は有名でもないし、紬の勧誘に必死だった。

「わたしチアとかやったことないですし、無理です！」

紬のやつ困ってるな。ここは間に入るべきだろうか。

「でもあなた」

その言葉は僕の歩みを止めるものだった。

「高校一のチアリーディング部『FRY』のトップだったんでしょ！」

チア部員の熱い眼差《まなざ》しとは裏腹《うらはら》に紬の表情は青ざめていた。

「Youtubeで見たけど凄かったわ。身軽というかあんなに軽やかに空中を舞うなんて……。何よりその見た目よね！　コメントでもあなたのことしか書かれてなかったわ！　私もあなたの演技に釘付《くぎづ》けだったもの」

「……」

「だからお願い！　少しでいいから力を貸してほしい。今トップで演じられる子が少なくて、もし合わなければすぐ退部していいから！」

「……それが嫌なんです」

「へ？」

「そう言うくせにみんな最後はわたしを追い出そうとする。だからっ！」

紬は大声を出して、チア部の人たちを振り切って走り去ってしまった。紬があんなに言葉を荒らげるのはとても珍《めずら》しい。いつもにこにこしていて、僕やアリサには常《つね》に温和な感じ。獅子には冷淡だから、部活に誘われただけであれほど感情的になるなんて思いもしなかった。

「ねぇ、私、彼女に悪いことしちゃったのかなぁ。でも柊さんに見惚れたのは本当なの。私もトップだからわかるのよ、あの演技の凄さは」

チアの部長さんはがくりと肩を落とす。他の部員たちが駆け寄る。部長さんは部員たちに慕《した》われているようだ。

「見学くらいすればいいのに……。部長にあんな態度を取るなんて」

「本当にあの子を入部させるんですか？　Ｙｏｕｔｕｂｅにも変なコメントあったじゃないですか」

「それに」

部員の一人がぼそりと呟《つぶや》いた言葉が頭に残った。

「あの子、悪い噂あるんですよね。だから正直……」

校舎に戻ってきて、教室に向かって廊下を歩いていた。

紬に悪い噂。紬が僕の家に越してきてから今までずっと一緒に過ごしているけど悪い噂なんて一度も聞いたことはない。両親ともひよりとも仲良しだし、獅子とは……うーん、まぁそれはいいか。男子からの人気は上々で正直アリサよりも人気があるんじゃやって思うくらいだ。

「紬ちゃんマジで可愛いよなぁ」

一部の男子からは普通に下の名前で呼ばれている。アリサだったらこうはいかない。

「いつもニコニコ笑ってるし、喜んでくれるし、距離近いんだよな」

「わかるわかる。スキンシップしてくるっていうか。仕草《しぐさ》も可愛いよな。体で喜びを表現するって感じ」

「あの上目遣《うわめづか》いがたまらん。すごいね～って言ってくれるんだぜ！　俺のこと好きなんだと思う」

「ばーか。そう言って告《こく》った奴《やつ》らみんなフラれてるんだろ。朝比奈《あさひな》アリサとは違った難攻不落だぞ」

そんな男子たちの声が僕の耳に入ってくる。悪い噂どころか良い噂しかなくないか？　幼馴染みが褒《ほ》められるのは普通に嬉しい。

ただ恋人ができてしまうのは複雑な気持ちになる。獅子に恋人ができたことは嬉しくもあり、寂《さび》しさもあったからね。紬も学校に慣れたら誰かと交際するんだろうか。今のところはごめんなさいしてるようだけど。

「涼真、こんな所で何してるの？」

「紬！」

当の本人が現れた！

さっきは青ざめていたけど、今は元の笑顔が戻っていた。さっきのことを聞くのは今ではないかもしれない。相談されればもちろん受けるが、無理に聞くことは絶対しない。

身内だからこそ聞かれたくないことが僕にだってある。

「午後からの授業なんだけどさ」

ぐいっと紬は顔を寄せてくる。アリサより少し小さい、百五十センチ後半の紬は下から上目遣いで見つめてくることが多い。百七十過ぎの僕の視点では紬の綺麗な黒髪がよく見えるのだが、これがたまらなくドキっとする。

「紬、近い近い」

「え〜、顔近づけた方が喋りやすいよ」

「周りの視線が気になるから」

「別に幼馴染み同士なんだから気にすることでもないでしょ」

そうは言ってもなぁ。アリサの家でもほっぺにチューとかしてくるし、紬のマイペースさは今に始まったことじゃない。それに動揺してしまう僕の女性慣れしてなさが問題なのかも。

アリサに負けず紬も良い香りがするし、スタイルもいいから正直ドキドキする。

「僕や獅子にはまだいいけど……他の男子にはしちゃ駄目だよ」

「わかってるよ。そこはなるべく意識してるつもり」

「紬？」

「でも……生き方はそんなすぐには変えられないよ」

紬なりにいろいろ考えてるのだろうか。でも他の男子の言葉を聞く限り、あまり効果はないような気がする。紬は僕の腕を急に引っ張った。

「どっちにしろ涼真はいいの！　今回は独り占《ひとじ》めするんだから」

「まったく紬は……ってげっ」

視線を流すと廊下の奥の柱を握りつぶす勢いで掴み、アリサがこちらを覗いていた。メラメラと目に炎を宿しているようで、周りの生徒たちもびっくりしているみたいだ。これはまさに嫉妬の眼差《まなざ》しだろう。もし大月さんがぶっ込んでなかったら僕は鈍感《どんかん》でやり過ごしていたに違いない。でも正直怖いし鈍感を装っちゃだめかな。

僕の視線に気づいたのかアリサが険しい顔で近づいてきた。

「や、やぁアリサ。どうしたのかな」

「男と女の間に友情は存在しないって話、知ってるかしら？」

何でそんな話題になってしまうのだろうか。この話を深掘りしてはならない気がする。何としても話題を変えないと。

「アリサちゃん！　こんなところでどうしたの？」

そして紬はそのアリサのオーラにまったく気づいておらずいつも通りニコニコした顔で尋《たず》ねる。マイペースで天然でほんとそういうところは変わらないな！　予想外の言葉に、アリサの頰《ほお》が少しひくついてるじゃないか。

「ふん。二人して随分《ずいぶん》親密にくっついていたように思えるけど、幼馴染みにしたって仲良すぎじゃないかしら」

　アリサは嫉妬心からか、腕を組んでツンな口調で話す。こんなアリサを見るのは久しぶりな気がする。

「いつも通りだよね、涼真」

「へ？」

「つまりいつもあんなにベタベタベタベタチュッチュッチュッチュ」

「そこまではしてないと思うよ！」

「アリサちゃんもしたらいいんだよ。例《たと》えば……ハグとか！」

「で、できるわけないじゃない！　だったら紬、あなたは涼真にできるの？」

「ふぇ？　涼真にならできるよ。だって……小さい頃ね。暗くなって怖い時とか抱き合って寝て」

「そのエピソードは今必要ないと思う。すぐに止《や》めようか」

「ふ――――ん」

　余計なこと言うからアリサが体を震わせているじゃないか。いくら幼馴染みだと言っても紬にハグなんてできるはずない。

「じゃあ今ここでハグしてみせてよ」

「何言ってるのアリサ!?」

アリサの言葉に紬は特に動じることなく、僕の方へ体を向ける。この流れ……まさか本当と思う暇《いとま》もなく紬が抱きついてきた。

「ぎゅ～！」

少しの躊躇《ちゅうちょ》もない大胆なハグ。紬からすればまだ僕たちは五歳のままなんだろうか。人生でハグなんてされることはそうないわけで。でも昔から紬はよく僕に抱きついていた記憶がある。それは何かをしたことに対して褒《ほ》めて褒めてと構ってほしがる時が多かった。

特にライバルの獅子と競って勝った時だったかな。そういう時にハグをしてきて、僕が頭を撫でてあげることが多かったっけ。そして、こんな風に紬の柔らかな黒髪を撫でてあげる。

「……涼真の体ってがっしりしてるんだね。昔は柔らかかったのに」

「多少は鍛《きた》えてるからね」

「……」

「紬？」

「……」

紬が急に何も言わなくなった。変に意識しないまま話すの大変なんだぞ。体ががっしり？　紬だってよく育ってて可愛くなってて、成長を感じる。ハグをし返したら何かが弾《はじ》けそうなそんな感じすらあるんだ。ん？　何か紬が頬ずりするように僕の胸にすり寄ってきてるんだけど……。

「ねぇ紬」

「ひゃい」

　はっと気づいた紬が突然距離を取ってしまった。いきなりの行動に僕も驚いたが、それより紬の顔が赤いことに気づく。

「あの……え～と、涼真がその……思ったより男の子だなって」

「そりゃそうだよ。獅子ほどがっちりした体じゃないけどね」

「何か恥ずかしくなってきた……。何でかな、何でかな。ち、ちょっと用事を思い出したかも！」

　紬は慌《あわ》てた様子で、僕とアリサを置いて走り去ってしまった。いったい何があったのだろう。

「私、眠れる獅子《しし》を起こしちゃったのかしら……」

「どういうこと？」

「この件に関しては鈍感でいいわ」

「えー」

「それより……む～」

　アリサと二人きりになり、彼女がじっと睨《にら》むように見つめてくる。また怒らせてしまったのだろうかと恐れると同時にやっぱりアリサって美人だなって気持ちが湧《わ》き起こってくる。

「紬に抱きつかれて嬉しそうな顔をしてた。頭を撫でてた」

「そんなこと……」

ないわけないよね。親しい子に抱きつかれて嫌な気持ちになるはずがない。でも何だろう。頭を撫でてあげたのは純粋な気持ちでだったように思う。紬は女の子として可愛くなったと思うけど潜在的には幼馴染みの意識の方が強いのだろうか。

「涼真にはハグしてくれる人いっぱいいていいわね！」

嫌みのような言葉だったが違和感があった。いっぱいと言うがハグしてほしいと言ってしてくれそうな人なんて紬と妹のひよりと後は……うん、男は除外。そうなるとあと一人くらいしか思い浮かばない。

「じゃあ次はアリサがハグをしてくれるのかな？」

「へ？」

エメラルドグリーンの瞳をぱちくりとさせて呆《ほう》けた顔になるアリサ。時が止まったようになり、自分でも気持ち悪いことを言ってしまったのではと焦《あせ》る。言い訳をすべきか、頭をぐるぐるさせている内にアリサの表情が真っ赤に染まる。

「そんなことできるわけないでしょ！」

そりゃそうだ。この前のほっぺにチューも断られたのだから。うぅ、僕は何て気持ち悪いことを言ってしまったのだろう。これはアリサに嫌われたに違いない。大月さんが言ってたこと、アリサが僕を好きだなんてのは、やっぱり世迷《よま》い言。

「でも」

謝ろうとした矢先にアリサが言葉を発する。

「涼真からならハグしていいよ……」

自信なさげに言うその学校一の美少女の姿がたまらなく可愛く見え、言葉を失った。


それから僕たちは無言のまま、見つめ合っていた。僕の顔は熱が出そうなくらい熱くて、アリサもまた顔を赤くしていた、お互い次の言葉を待っていたのかもしれない。

「ごほん。ところでアリサ……どうしたの？　放課後以外で話しかけてくるのは珍しいよね」

「涼真に話したいことがあったの。紬が今いないのは好都合だわ」

お互い顔の火照りが治まった頃、あえて先ほどのことを口にせず話題を元に戻した。甘くなりそうな空気に僕はもう耐えられそうになかったんだ。アリサも乗ってくれたのでそのまま続けることにした。

「涼真ったら全然声をかけてくれないんだもん。私はずっと待ってるのに」

「アリサが一人でいるとこ、見たことないけどね」

僕とアリサは学校内で喋ることはほとんどない。そもそもアリサの周りには常に人がいる。大月さんのように親しい友達だけでなく、他のクラスメイトからも関心を集めているのだ。僕が話しかけるなんておこがましいという気持ちもあるがそれ以前に話しかけられない。

「でも男子から声をかけられるのは相当減ったわ。みんな愛嬌《あいきょう》のある子の方へいくから」

「愛嬌？　ああ、紬かぁ。最近、男子はみんな紬に夢中だよね」

「あれだけ私に声をかけてたくせにねぇ」

「アリサ、男子に容赦《ようしゃ》ないからみんな萎縮《いしゅく》するんだよ」

強気で容赦ない口調で淡い想いを持つ男子たちを根こそぎ断罪する。それが学校でのツンツンキャラの朝比奈アリサである。でも。

「そんなに怖いかな？　私、涼真に対しては威圧《いあつ》してないよね……。不愉快《ふゆかい》だったらその」

親友、朝比奈アリサは時々自信なさそうに言葉を投げかけてくる。そのギャップが僕にたまらなく刺さるというか……魅力的に感じる。僕にだけ優しい。そんな優越感もあるかも。

「大丈夫。アリサはとても優しいよ」

「ほんと？　良かったぁ！」

可愛いと感じてしまっては話が進まない。火照りそうな顔を何とか沈めようと頑張った。

「話したいことって紬のことだよね。何か問題でもあった？　僕が目にする範囲では平穏《へいおん》に見えるけど……。男子とも気軽に話せるから紬の評判はいい方だと思うし」

「そう……問題はそこなのよ」

「え」

意味がわからなかった。それの何が問題だというのか。

「紬の幼馴染みのあなたに言うか迷ったけど……」

少し言いよどみ、アリサは続けた。

「紬って女子からもの凄く嫌われてるのよ」

「何で!?　別に人を傷つけるようなことを言う子じゃないし、アリサの言うとおり愛嬌があるじゃないか」

「ええ、男子に対してだけね」

僕はその言葉に思わず止まってしまう。

「私と雫に対しては凄く人懐《ひとなつ》っこいわ。多分、似た性格の人と仲良かった経験があるから接しやすいんだと思う。でも他の女子に対しては全然駄目。萎縮しちゃってるよ。絵理《えり》と真莉愛《まりあ》と話してるところを見るとよくわかるわ」

その子たちは確かアリサのグループのギャルだっけ。そういえば紬があの二人と話してるところ、あまり見ないな。

「それなのに男子とは仲良しなわけで……。男子に媚《こ》びてるぶりっ子って思われてるわ。あの子、話す時の距離も近いでしょ」

「……」

確かに紬はぐいぐい来る感じの女の子。男子に気に入られる仕草をナチュラルにやるタイプだ。言われて納得するところが多い。

「好きだった男子を紬に取られて憤慨《ふんがい》する女子が多いの。なのに紬は男子の告白を断ってるでしょ？　付き合う気もないのに媚びを売るなって話」

「そんなことになってたのか」

「私も雫も、紬に対してどうかって思うところはあるけども友人関係をやめる気はないわ。そういう子の対応には慣れてるから」

「アリサ……」

「ま、私と涼真の仲を取り持つって言ったくせに涼真にベタベタするのは気に入らないけど。ハグだって……私もしたいのにぃ」

小声過ぎて最後の言葉はよく聞こえなかった。しかしまさか……紬がそんな問題を抱えていたなんて。

「紬、前の学校でチアをやってた話、知ってる？」

「うん。本人は隠したがってたからあんまり詳しく聞けなかったけど……」

「本心ではまだチアをやりたいんだと思う。でも……できなくなった」

アリサはスマホを取り出して、僕に見せてくる。それはＹｏｕｔｕｂｅにアップされている動画で、高校生チアリーディングチーム『ＦＲＹ』の試合だった。

そのチームの中心に紬が映っていたのだ。凄いクオリティの演技で視線が自然に紬へと行ってしまう。軽やかで楽しそうに……そして何より美しい。思わず見惚れてしまう。

「凄いね。やっぱり紬は経験者だったんだ。この動画がどうしたの？」

「最後まで見てちょうだい」

演技が終わり、会場から出て行くチア部員たち。他の部員に温かく迎えられ……あれ？　誰も紬に駆け寄らない。みんな嬉しそうに演技の成功を喜んでいる中、紬は一人、無表情で汗を拭《ふ》いていた。

「紬は前の学校でも同性から嫌われてたんじゃないかって思う。推測《すいそく》だけどね」

だから転校して、この学校にやってきた。幼馴染みである僕と獅子がいるこの学校に……。あくまで推測だ。断定はできない。動画サイトのコメント欄《らん》にはチームの演技の良さについてと同じくらいセンターでトップの紬の容姿の良さに関するコメントが多数見られた。そしてそこに隠れていた言葉。

『トップの女は男に媚び売る淫乱《いんらん》女』

『性格最悪の嫌われ者』

『ぶりっ子女は早く部活を辞めてほしいよね』

それが紬を指すことは一目瞭然《いちもくりようぜん》だった。さすがにこれは正直ショックだった。自分が何を言われても耐えられるが幼馴染みの悪口をこの目で見るのは辛《つら》い。僕の顔を見てか……アリサは申し訳なさそうな表情を浮かべた。

「ごめんなさい。涼真に言おうか本当に迷ったの。でも」

「むしろありがとうだよ。僕や獅子じゃ絶対気づかなかったと思う」

「幼馴染みがあなたと平沢くんだったから仕方ないのかもしれないけど、紬って男子との付き合い方しか知らない感じなのよ。そういう意味ではあの子よりひどい状況かもね」

でも実際どうする。紬にこのことを聞くのは……。今まで相談がなかったということは僕や獅子に知られたくないことに違いない。

「もし紬から相談されたら私も動くわ。それまでは様子見がいいと思う。涼真は紬の支えになってあげて」

「うん、わかった。ありがとうアリサ」

「でも！」

ぐいっとアリサは真剣な顔を近づけてくる。

「支えすぎて本気になっちゃ駄目だよ」

「何の話⁉」

「涼真には家事代行で私を支えるお仕事があるんだからね！」

甘やかすのがお仕事なんだろうかと思ったけど、僕はわかりましたと言うしかなかった。

放課後の部活動でも帰宅してからも紬の様子は普段と変わりない。

女子と上手《うま》く話せてる？　なんて聞くわけにはいかないし、アリサと大月さんが側にいてくれるならきっと大丈夫だろう。そう思っていた。

でもその日は突然やってきた。

学校での昼休みの時間。昼食を終えた僕は教室で一人まったりとしていた。

「小暮《こぐれ》くん！」

そこに血相《けっそう》を変えた表情の大月さんが現れたのだ。そのまま僕の腕を引っ張って教室の外へ連れ出す。

「どうしたの？」

「今日、アリサがいないから紬さんと二人でご飯を食べてたんだけど」

そういえば今日、アリサは学校を休んでいたな。体調不良じゃないみたいだけど……。

「そしたら他のクラスの女子がやってきて、紬さんに用があるって連れて行ってしまったの」

「なんだって！」

「わたしもついて行こうと思ったんだけど紬さんが来なくていいって言って、獅子くんも部活の用事でいなかったから……小暮くんを」

もしかして先日アリサが言ってた女子の不満が爆発したってことなのかよ。

「多分、いつもはアリサがいたから言ってこなかったんだと思う。今日はアリサがいないから」

チャンスと思ってかよ、くそっ。

「大月さんは戻ってくれ。僕がたまたま出くわしたって方がいいでしょ」

「でも……」

「大丈夫。大事な友達を傷つける人相手なら僕は臆《おく》さないから」

「……わかった。気をつけてね」

大月さんに場所を教えてもらい、僕は現場へと向かった。

校庭のベンチでご飯を食べてたって言ってたから……きっと校舎裏だろう。人の気配を感じたので気取《けど》られないようゆっくりと近づいた。

「あんたさ……。男に色目使うのマジでやめてくんない？」

「調子に乗りすぎ。好きな相手がデレデレしてんの見て気分いいわけないんだよ。この子に謝れよ」

「ずっと好きだったのに何でぽっと出のあなたに盗《と》られなきゃいけないの」

「……っ」

想像通りの展開だった。三人の女子に詰め寄られている紬の姿があった。

「わ、わたし盗ってなんかいない……」

「は？　あんたのせいでしょ！　あと少しってところであんたが現れて。どう落とし前つけるの」

「そんなこと言われても……」

「可愛い子ぶって。男子にだけいい顔してんのバレバレなんだよ。本当虫唾《むしず》が走る！」

「これ以上調子乗るってなら……」

「最低」

「いやっ」

紬の声は震えていて、今にも泣きそうな感じだった。想像以上によくない状況なのかもしれない。相手もかなり高圧的だ。こういう相手に対処した経験がある。僕はすぐさまその空間に飛び込んだ。

「紬……。こんな所にいたのか！　捜したよ」

「……りょ、涼真」

大月さんが助けを呼んだとわかると彼女に害が及ぶかもしれないから偶然を装う。ま、下手なことしたらアリサと獅子が許さないだろうけど。

僕は弱さを見せている紬の姿を見て、正直困惑《こんわく》していた。僕の知っている柊紬はマイペースで自分が一番だと思っていて、獅子に真っ向勝負を挑む強い女の子だ。なのに今はその片鱗《へんりん》すら見えない。十年経ったら人は変わる。僕だって大きく変わった。でも……。僕は紬の手を引っ張って連れて行こうとする。

「おい、何勝手に連れて行こうとしてんだよ」

「あんた誰よ？」

「紬の幼馴染みです。彼女に用があるので引き取りますね」

紬が僕の背中にぴたりとくっつく。心底《しんそこ》怖がっているようだ。相手は知らない女子だな。同じクラスの子ではない。見た目も派手《はで》で気が強そうだ。

「陰キャの男にも手付けてんのかよ。本当卑《いや》しい女。あんたその女の噂を知らないの？」

「噂……ですか？」

「男をとっかえひっかえしてるって噂。可愛い顔して相当な悪女だよ」

何か凄く腹が立ってきた。正直僕もこういう場に立つのは好きではないんだけど……。幼馴染みをバカにされて平静でいられるわけがない。

「紬は今、幼馴染みである僕の実家に居候《いそうろう》していて、学校の行き帰りは一緒なんですよ。休日も一緒にいることが多いです」

「それがどうした」

「紬にとっかえひっかえしてる暇《ひま》なんてないはずなんですが。その噂、本当なんですか？」

「は？　みんな言ってるし」

「言ってるだけで見た人いないんでしょ」

「男子とばっか話してんのは事実だし！」

「それで悪女の扱いですか？　普通に考えて浅はかって思いませんか？」

「うざっ！　何なのコイツ！」

おそらく噂が噂を呼んで、先走ったこの子たちが詰問《きつもん》しに来たわけだ。噂に振り回される人間は本当に浅はかだ。僕も中学の時、それに振り回されたが、同じだ。標的が紬から僕に変わったな。もう一押し、神経を逆なでしておくか。

「しかもアリサがいない時を狙《ねら》って声をかけてきたんですよね。ちょっと姑息《こそく》じゃないですか」

「ふざけんな！」

「朝比奈アリサは関係ない！　あんな高飛車《たかびしゃ》女がいたって一緒だっての！」

「調子乗ってけどあんたなんかウチの彼氏に言えばボッコボコだし。あーしたちに言いがかりつけたって言えば……」

「困ったら男頼りかよ。情けないな」

「はぁ!?」

「アリサだったら男相手でも絶対引かないし、怖《お》じ気づかない。そもそも噂を信じ込んで先走るような馬鹿《ばか》なマネもしない」

僕の知っている朝比奈アリサなら腕を組んで物怖《ものお》じせずに立ち向かうだろう。そんな強くも美しい女の子を知っているから僕はこんな女どもに怖じ気づかない。

「あなたたちの方がよっぽど悪女ですよ。適当なことを言うな！」

「っ！」

　女の子の一人がスマホを取り出して、僕の写真を撮り始めた。おいおい、何するつもりだ。

「あんたに襲《おそ》われたって言いふらしてやる」

「なっ！」

「そうすりゃあんたは終わりだ！　その女と一緒に地獄に落ちろ」

「何やってんだ？」

　その時だった。あらぬ方向からの声に皆、そちらに視線を向ける。そこには誰よりも格好《かっこう》いい、まさにヒーローのような男がいたのだ。女子たちはにやりと笑って、その男に駆け寄る。

「あたしたち、あの男に襲われて！」

「すっごく怖かったんです」

「助けて……」

　三人の女子たちはその男に縋《すが》るように助けを求めた。さっきの高圧的な態度とは大違いだ。

　こえーなぁ、ほんと。九割九分の男は女子に縋られたら味方をしてしまうもの。ただ……残り一分に属する男もいる。

「涼真、これはどういうことなんだ」

「え、平沢くん……。あのキモい男と知り合いなんですか？」

「は？　てめぇ誰がキモいって。おまえごときが涼真を語んじゃねぇよ」

「ひっ」

現れた男は僕と紬の幼馴染み。誰もが知っている学校一の人気者、平沢獅子だ。タイミング的に僕と別れた後、大月さんが連絡したに違いない。ある意味ベストなタイミングだった。

「涼真と紬は俺の幼馴染みだ。俺が無条件で信じられるやつに襲われたって言ったな。本当なんだろうな」

「……そ、それは」

獅子が威圧するように声をかけると女子たちはあっという間に縮《ちぢ》こまってしまった。

うーん、僕と獅子の違い、やべぇ。

「お、襲われたってのは言い過ぎだけど……強い言葉を言われて、それは本当なの！　あたしたち何も悪くないのに」

なるほど、形勢不利とみて話題をすり替えてきたか。今までもこうやって相手を陥《おとしい》れてきたのかな。でも相手が悪かったな。僕はスマホを取り出す。

「ま、今までのやりとり全て録音してるんですけどね」

「は!?」

女子たちは困惑の表情を浮かべる。実を言うとスマホの録音機能をオンにしたままこの場に突入していた。目的は紬を助けるためだったけど、まさか自分の無実を証明することになるなんてね。

「さっすが涼真。ま、中学の時あんなことを経験してりゃな」

「ああ、僕たちには必要なことだったから」

「ふっざけんな！　おまえらグルかよ！」

今まで小さく縮こまってた女子が本性を現す。だがそんな本性を最も嫌う男がここにはいた。

「俺に嘘《うそ》をついたな。俺はてめぇらみたいな姑息な人間が大嫌いなんだよ！」

「っ！」

「殴られたくなきゃ行け。二度と俺の幼馴染みに手を出すんじゃねぇぞ」

獅子の強い言葉に女子たちは悲鳴を上げて、慌てて逃げるように駆けだしていった。スマホの録音がある以上、紬に何かしてくることはもうないだろう。僕たち三人だけが残る。獅子は紬を見て、その後僕を見た。

「じゃ、俺は雫のところに戻るわ。涼真、後は任せるぜ。紬にはおまえが必要だからな」

「獅子……」

「ちなみに俺も涼真が必要だからな！　それは忘れんなよ」

「それはいいから、早く戻って恋人を安心させてあげてくれ」

獅子を行かせ、僕は紬と向き合う。こうなった以上、いろいろと聞くしかないのだろう。

「わたしね」

少し落ち着いた紬と向き合った。

「涼真と離れてこの十年、ずっと嫌われて生きてきたの。友達もできなくていろんな人から疎《うと》まれてたんだ。大好きなチアも人間関係が上手くいかなくてやめたんだ。涼真を頼ってこの街に来たの」

紬は体を震わせて、大粒の涙を流す。

「今度こそ上手くやれると思ったのに……。また失敗しちゃった」

紬は僕に縋るように抱きついてくる。

「ねぇ涼真、わたしってそんなに悪い子なのかな。別に悪口も言ってないし、いじめてもいないよ。なのに何でみんなして悪女って言うの？」

紬の悲しみを帯びた声が僕の耳に響いてくる。そんなことない。紬は良い子だ。でもそんな言葉はおそらく届かないだろう。紬は十年間こうやって人間関係に苦しんできた。苦しんで、苦しんで……今。

「どうしたらいいの！　ねぇ……！　教えてよぉおっ！」

悲しむ幼馴染みに僕ができることを見つけるんだ。

「そんなことがあったのね。まさか私がいない時を狙ってくるなんて。しかも雫にまで迷惑をかけて……絶対許せない」

「アリサにとって大月さんが一番だもんなぁ」

その日の夜、家事代行の日ではなかったため僕は自宅でアリサと通話をしていた。

　今日あったことについてアリサに相談する必要があったのだ。家に帰ってくると紬は部屋に閉じこもり、僕やひよりの声も届かなくなってしまった。幼馴染みの危機に僕は何て声をかけてあげればいいのかわからなかった。結局、アリサに話を聞いてもらう以外、選択肢がなかった。

「紬の気持ちがわからないんだ。僕のイメージでは、紬は獅子に真っ向勝負を挑むような強さを持っていてマイペースと天然で皆を振り回す女の子なんだよ」

「そこは何となくわかるわ。でもそんな強さは見られない。涼真と別れた十年で変わってしまったとこよね」

「アリサはどう思う？　同性だったら何かわからないかな」

「ふぅ、残念だけど私にはわからないわ。紬と私じゃ性格が違いすぎるもの。もちろん雫ともね」

「だよねぇ」

　アリサがあんな風に詰め寄られることは想像できない。あの美貌《びぼう》だけにやっかみはゼロではなかったと思うけど、女子特有のコミュ力と関係性で、通常あんな感じで責められることはほぼないのだろう。あの女子たちもアリサと敵対するのは避けてたみたいだし。だけどこうなってしまった以上、時間が解決するなんて悠長なことは言っていられない。

「紬は僕の幼馴染みだから。放っておくことなんて絶対できない」

「うん、涼真はそういう人だもんね。わかってる」

紬の笑顔を取り戻すためなら何だってやる。何かとっかかりさえ摑めれば……。やはり根気よく話すしかないのか。

「一人だけ適切なアドバイスをくれそうな人を知ってる」

「え！」

まさかの言葉に大きな声を上げてしまう。僕はアリサの言葉を待った。

「ただ、気まぐれな子だから……いいアドバイスもらえないかもだけど会ってみる？」

「もちろん！」

アリサの提案に僕は乗るしかなかった。


休日となり、アリサと僕は待ち合わせをしてその人のもとへ向かう。紬はあれから学校へ行けていない。食欲も減っており、見てわかるくらいに落ち込んでいた。心配するひよりには無理した笑顔を見せているけど僕に対しては少し遠慮がちで距離を置くようになってしまってた。僕には知られたくなかったのにな……と一言呟《つぶや》いたのを知っている。

「アリサ」

「おはよ〜」

隣町の駅前でアリサと待ち合わせた。気分は晴れないのに制服ではないアリサを見かけると思わずその容姿の良さにドキリとしてしまう。通りがかる人たちが皆、びっくりしたように見るんだもんな。こんなに綺麗な金色の髪と整った顔立ちの女の子をそう見ることはないのだろう。そんな子と親友であることの凄さ。外で会うからなおさら実感する。

アリサは緩《ゆる》めた表情のまま僕に近づいてきた。警戒心《けいかいしん》の欠片《かけら》もない柔らかな笑顔。正直安心してしまった。以前遊びに行った時に比べれば今日の格好はおとなしめだ。落ち着いた色合いのシャツにすらりとしたパンツ。アリサって制服を除けばスカートを穿《は》いてるところ見たことないんだよな。性格的に可愛らしい服とか清楚《せいそ》系は似合わないと思っているのかも。

「行きましょ」

今の紬の様子を話しながら目的地へと歩いていく。

アリサが会わせてくれるのはいったいどんな人物なんだろうか。アリサは同性の交友関係は広いと思うけど、正直想像がつかない。だが、面会場所のチェーン店のカフェの扉を開いてアリサの名前を呼ぶ声を聞いた瞬間、それが誰かわかった。

「早かったわね」

「う〜ん。早出しちゃったからね。お、小暮っちもお久しぶり」

「……水原《みずはら》さん」

水原心《こころ》。アリサと大月さんの幼馴染みの子だ。僕とも一度だけ面識がある。あの時はまだアリサとも知り合ったばかりの頃だっけ。

「お互い名前は出るのに、こうやって会うのは二回目だもんね」

「そうですね。僕のことはアリサや大月さんからですか？」

「それとお兄ちゃんから」

「お兄ちゃん？」

「静流《しずる》のことよ。心は兄がいないから、昔から静流を兄のように慕っているのよ」

「アリサはお兄ちゃんって言わないのに？」

「何で言う必要があるのよ。静流は静流。一つしか歳《とし》も変わらないし、顔も似てるからあんま兄って感じがしないのよね」

あの喧嘩混じりの仲の良さはなんとも。正直双子《ふたご》だと言っても納得してしまいそうだ。僕は長椅子の奥に座り、アリサがその隣に座った。向かいに座る水原さんが先に飲んでたアイスコーヒーを一口飲む。

「へぇ……話には聞いてたけど。ふーん」

「なによ」

水原さんがちらっと僕とアリサを見る。

「アリサが男の子の隣に当然のように座るんだもん。もしかしてお邪魔だったかな？」

「なっ！」

アリサが顔をかぁっと赤くさせる。僕も内心、焦《あせ》ってしまうが表情を悟られないように踏ん張った。

「そ、そういう関係じゃ……。別にいいでしょ！　涼真とは親友なんだから、バカなこと言わないで！」

「この前と聞いた言葉は同じなのに何か感情籠《こ》もってるね～」

初めて会った時にも水原さんから揶揄《からか》われた記憶がある。

「私たちのことはいいの！　それで相談乗ってくれるのよね」

水原さんが僕を見た。

「小暮っちには借りもあるしね。小暮っち、あたしたちの三人の仲を取り持ってくれたこと本当にありがと」

水原さんが静流さんと付き合い始め、それによって拗《こじ》れた幼馴染みの関係。今は良好だと聞いている。水原さんがこう言うんだ。僕の想像以上に拗れていたんだろうな。

「それで小暮っちの幼馴染みのことだよね」

「はい。でもアリサ。水原さんに相談したのって何か意図があるのかな。水原さんと紬って性格も結構違うように思うけど」

「似てるわよ。心と紬はね。男の子にはわからないかもしれないけど」

「へ？」

「心もそうなの。昔から女子にぶっちぎりで嫌われてるの」

そうだったのか。全然そうは思えない。人懐っこそうだし、元気もあるし、美人でスタイルも良くて、スポーツで成果を出して。あれ？　紬と合致するな。

「アリサ……そうはっきり言われると傷つくんだけど」

「なんでそんなことになったんですか」

「心は最近気づいたみたいだけど、正直昔からよ。まず男子と仲が良すぎること。あと見た目とスポーツでナチュラルにマウント取ってくるので相当嫌われてるわ。コミュ力なさ過ぎるのよ」

「あたしってほらこういう性格だから女子よりも男子の方が仲良くなりやすいのよね。女子の、あの特有の何て言うか……苦手なの。だから高校入ってから全然なじめなくて」

紬も同じことで詰め寄られていた気がする。でも水原さんはけろっとしてるし何か秘策があるんだろうか。

「僕の幼馴染みが同じ目に遭《あ》って塞《ふさ》ぎ込んでいるんです。どうすればいいと思いますか。水原さんはどうやって乗り越えたんですか」

水原さんがちらりとアリサを見た。

「あたしにはアリサと雫がいたからね。二人が側にいてくれたから同性から嫌われても問題なかった。あたしの友達ってその二人だけだから」

「私と雫はこの子がこういう性格ってわかっているから問題ないの。だから紬に対しても悪い印象はないわ」

「なるほど。紬の幼馴染みは僕や獅子で男子。そりゃ理解できないわけです」

「だけど高校が別になったから、心ったら毎日私と雫に電話してきたのよ。やっていけない、雫助けてってね」

「側を離れて初めてわかるもんだねぇ。水泳部でもみんなから嫌われるしさ。だってみんな泳ぐの下手だし、無駄な練習ばっかしてんだもの」

　ケタケタと笑うところを見て、うん、何か嫌われる要因がわかった気がした。

「アリサと雫がいない時にお兄ちゃんが寄り添ってくれたの。凄く優しくて……小さい頃から知ってるはずなのにときめいた」

　そういう話だったのか。水原さんも人間関係で苦労してたんだな。多分静流さんも水原さんの性格をわかっていたんだろう。構っている内に二人は親密になって……そんな感じだろうか。

「だからその紬って子も彼氏を作ればいいと思う。そしたら同性のやっかみなんて気にならなくなるわ。その子と一番仲良い男子って誰なの？　その子も相当可愛いんでしょ。じゃあ余裕じゃない」

「……幼馴染みの関係なら僕かな」

「じゃあ小暮っちが付き合って守ってあげなさい」

「それはダメっ！」

アリサが大声を上げ、立ち上がった。

「涼真はダメっ！　絶対……絶対！」

「何で？」

「そ、それは……その……」

アリサは戸惑《とまど》ったように僕と水原さんを交互に見る。ただ正直付き合ったからといってどうにかなる問題ではない。それに、僕がそう軽々しく付き合ってしまったらいろいろな人たちに立てた誓《ちか》いはなんだったのか、ということになる。

「ちょっとお手洗い行ってくる！」

アリサは逃げるように去ってしまった。うーん、この状況どうしたものか。

「よいっしょ」

水原さんが突然立ち上がり、アリサがさっきまでいた僕の隣に座る。そしてぐいっと顔近づけてきた。アリサに匹敵《ひってき》する美少女に近寄られて意識しないはずがない。この人、確かに紬に似ているのかもしれない。男との距離感がもう……ね。

「雫から聞いたんだけど……。小暮っちはアリサの気持ちわかってるんでしょ」

「まぁ……。本人から聞いたわけではないので違う可能性もありますけど」

「ないでしょ。あたし、あんなアリサを見たことないもの。小暮っちのことを相当好きじゃないとあんな態度取らないよ」

「やめてください。好かれるのに慣れてないんです……」

「ほんと小暮っちって雫に似てるね。雫にできたイケメン彼氏のこと聞いてみたら同じ感じで照《て》れたよ」

獅子は大月さんに相当惚《ほ》れ込んでるからな。大月さん的には嬉しい反面恥ずかしいっていう感情、僕にはよくわかる。今だって正直嬉しいけど……やっぱり気恥ずかしい。

「お兄ちゃんとのこと、やっぱり雫に申し訳ないって気持ちはあったんだ。このまま雫とぎくしゃくしたら嫌だなって。それでアリサを困らせてしまって……悪かったと思ってる」

「水原さん」

「それでもお兄ちゃんのことを好きになったから。でも今は雫も幸せになったって聞いて本当に良かったと思ってる。だからあたしね、アリサにも幸せになってほしいかな」

「意外というか、水原さんってマイペースなイメージがありましたけど、大月さんとアリサに対しては強い想いがあるんですね」

「そりゃそうだよ。あたしって実はメンタル強い方じゃないんだよね。だからすぐ落ち込むし、嫌われるのはやっぱり嫌。その子もそうじゃない？　小暮っちもマイペースな子は鋼《はがね》のメンタルって思ってない？」

そうかもしれない。僕は昔の印象から紬はメンタルの強い子だと思っていたけど……そうじゃなかったら？　アリサや獅子は親友以外からの攻撃には鋼のようなメンタルを見せるし、持っている。絶対に折れないし、反撃もする。僕や大月さんはおそらく人並みだろう。だけどこそって時には強いメンタルを発揮《はっき》する。紬と水原さんは一見メンタル強そうに見えるけど……実際はかなり脆《もろ》い。

「どうすればいいんですか。紬はどうすればいつもの紬に戻ってくれるんでしょう」

水原さんは一度頷《うなず》いて笑った。

「メンタル弱いのはどうにもならないから、自分らしくで行くしかないと思う。コミュ症なのに下手に混ざろうとするから嫌われて、傷ついて、落ち込むんだよ」

「自分らしく……」

「その子の側には小暮っちゃ雫の彼氏が幼馴染みとしているんでしょ。それにアリサや雫が側にいる。それをわからせてやるしかないんじゃないかな」

なるほどね。水原さんの言うことはもっともだ。紬は今一人だと思っている。だから閉じこもってしまっているんだ。でもそれは仕方ない。十年間、僕たちは別れて暮らしていたのだから。だったら何ができるか。道筋が見えてきた気がする。

「ありがとうございます。水原さん」

「良いって。それより何か固いよね小暮っちって。そんな敬語口調じゃなくてもっとフランクにいこうよ。あたしのこと心って呼んでくれてもいいし」

めっちゃぐいぐい来る。こういうことを他の男子にむやみにするから好かれて、同性から嫌われるんだろうな。このあたりはもう天性のものなんだろう。さて……と思ったら渋い顔をしているアリサが近づいてきた。

「随分と仲良くなったわね。二人とも」

「ね～。涼真っち」

名前で呼ばれた!?

「私がいないところで何してたの！　まったく心はほんと」

「何もしてないって。涼真っちって言葉遣《づか》いが固いからもっとほぐした方がいいって。あたしのこと心って呼んでみて」

「ダメよ」

ぴしゃりと遮《さえぎ》ったのはアリサの声だった。

「紬は幼馴染みだから百歩譲《ゆず》るとして、涼真が女の子相手に丁寧語《ていねいご》口調じゃないのは私だけ。私以外の女の子には丁寧語口調で名字で呼ばなきゃ駄目。オーケー？」

「い、イエス」

「なるほどツンデレが恋をするとヤンデレになるのかー」

アリサのその目力《めぢから》に僕は従うしかなかった。さて、帰ったら早速《さっそく》準備を始めよう。紬のためにできる僕の全力だ。

※紬のリベンジ

Tetsubito Jusu
Presents
Illustration by
Tantan

わたし、柊《ひいらぎ》 紬《つむぎ》がこの十五年で一番楽しかった時期といえばやっぱり小さいあの頃だろう。面倒見《めんどうみ》が良くて優しくて笑顔が素敵《すてき》な涼真《りょうま》と……まぁ獅子《れお》もあの頃はまだ可愛《かわい》げがあったと思う。その三人と遊んだ時期がわたしの最も幸せな時だったと思う。

獅子と涼真を取り合って大喧嘩《げんか》して、涼真は同性の獅子ばかり構うから、わたしも怒ってしまって、意固地《いこじ》になってしまったことがあった。

……両親から引っ越しのことを告げられた時も素直に涼真にお別れが言えなかったこと、今では凄《すご》く後悔をしている。

幼馴染《おさななじ》みの男の子とばかり遊んでいたわたし。気づけば同性との付き合い方をまったく学んでいなかった。だから男子とはすぐに仲良くなれたけど、女子とは全然仲良くなれず、友達ができなかった。

そして獅子と張り合ってばかりいたから自分の才覚に気づいてなかったけど、どうやらわたしは運動能力に凄《すご》く長《た》けていたらしい。おまけにクラス中の男子に好かれてしまうほど容姿が整ってることに気づいたのは小学校高学年の頃だった。

仲良かった男子はみんなわたしのことが好きだったみたい。でもわたしは誰とも付き合う気はなかった。だって涼真よりも格好《かっこう》いい男の子はどこにもいなかったから。会いたいと思ったけど会う資格なんてないわけで、わたしは子供の頃の思い出だけを胸に毎日を過ごしていた。

そして中学生の時に夢中になれるものが見つかった。

先輩に誘われて始めたチアリーディングだ。運動能力に長けたわたしはすぐにレギュラーになり、それから地獄が始まった。女子の世界って大変だね。あんなにわたしに才能があると言ってくれた先輩たちも、先輩が好きな男子が皆、わたしに夢中になると手のひらを返すように責められた。試合の中では笑顔を見せても試合が終われば誰もわたしに話しかけてこない。

たくさん嫌な噂《うわさ》を流されて、わたしはあっという間に女子の敵に成り下がった。男に媚《こ》びてる。男を盗《と》るな。可愛い子ぶるな。

そんな言葉を毎日のように投げかけられ、悪い噂を信じた男子たちにいやらしい視線を投げかけられる。下心丸出しで反吐《へど》が出る。女子に嫌われるわたしを心配する振りをする男子たち。でも一人ぼっちは嫌だから愛想《あいそ》笑いでしのぐしかなかった。

いつからだろうわたしがわたしらしくなったのは。昔は涼真や獅子を振り回していたのに今や人の顔色を窺《うかが》って生きている。わたしってこんなに人に合わせる人間だったっけ。それでもコミュ症で波長を合わせられないからマイペースな言動で周囲に敵を作ってしまう。そんなつもりないのに容姿と才能でマウントを取ってるらしい。涼真と話す時はこんなことなかったのになぁ……。

チアは大好きだったから強豪校に入って、部活に集中できれば良かったんだけど、それでもやっぱり色恋沙汰《ざた》は避けられなくて男子にチヤホヤされて、女子に嫌われる。そのパターンは変えられなかった。

日に日に増していく部員たちのやっかみに耐えられなくなり、わたしは両親の海外出張を理由に転校を決めた。どこへ行っても嫌われるならあの街へ戻りたい。涼真のいるあの街へ戻りたい。だからわたしは両親に頼み込んで涼真の家で下宿させてもらうことになった。

十年ぶりに会った涼真は背が伸びていて、とっても格好よくなっていて、でも昔同様、優しかった。変な敬語口調で女子に対して距離を取っていて、そこは昔の涼真とは違うみたい。

わたしだって小さい頃と同じようにはいられなかったから仕方ないよね。獅子は相変わらずでむかついたけど。

次の学校では上手《うま》くやりたい。チアは続けたかったけど、きっと同じようなことになってしまうからやめておこう。女性だけの部活はダメ。男女混合の部活はどうだろうか、それでも結果は同じかもしれない。だったら思い切って男子だけの部活に入るのもありかも。

この学校では何としても同性の友達を作りたかった。わたしよりも美人で才覚がある子がいれば……そんな人なかなかいるはずもない。でも転校先の学校で彼女の姿を見て一目惚《ひとめぼ》れするような感覚に陥《おちい》った。

朝比奈《あさひな》アリサ。彼女の見た目はわたしなんかと比べものにならないほど優《すぐ》れていた。全《すべ》てにおいてわたしに勝っていて、さらに言えばとても格好よかったんだ。同性から慕《した》われていて、威厳《いげん》すらも感じる振る舞い。彼女の側《そば》にいればわたしが学校一の美少女扱いされることはない。彼女と仲良くなりたい。そうすればわたしはただの一少女と思ってもらえるに違いない。

さらに彼女の側には涼真と雰囲気《ふんいき》の似た大月雫《おおつきしずく》という少女がいた。この子とは自然と仲良くなれるかもしれない。直感的にそう思えたのはラッキーだったのかも。

でも。十年の間に身に染《し》みこんだ生き方はなかなか変えられない。アリサちゃんと雫ちゃんとは上手く話せるのに他の女子とはまったく波長が合わなかった。結局、美人だけど厳しいアリサちゃんより愛想振りまくるわたしの方に男子が近寄ってきて、また同じことを繰り返そうとしている。新しい環境、新しい友達。大好きな涼真がいるのにわたしはまた同じ轍《てつ》を踏んでいる。

「何やってんだろう……」

涼真の家で引きこもり、迷惑をかけてしまっている。ひよりちゃんにも暗い顔をさせてしまって、ほんと何やってるんだろう。

そういえば昔もこんなことあったなぁ。五歳の頃、大好きなおばあちゃんが亡くなって塞《ふさ》ぎ込んだことがあったっけ。泣いてばかりのあの時、どうやって乗り越えたんだろう。そう、あの時は……。ドタドタと足音が聞こえて扉が開く。

「紬、遊ぼう！」

そうだ。涼真がわたしを呼び出してくれたんだ。

涼真は無理矢理わたしの手を引っ張って外へ連れ出した。いつもはこんな積極的なことはしないのにここぞって時はいつも強気でリードしてくれる。こういうところは変わらないよね。

多分、無理矢理じゃなかったらわたしは動かなかったと思う。でも……ともかく涼真の握る手の温かさが嬉《うれ》しい。

わたしは昔から涼真のことが好きだった。恋をしたことがないからこれが恋愛的なものなのかどうかはわからない。アリサちゃんや獅子を思う雫ちゃんと同じ気持ちなのかはわからない。

でも……ずっと好きなことには変わりない。涼真はずっと格好いい。

「涼真、どこへ行くの？」

「この先の空《あ》き地。昔遊んだろ。まだ残ってるんだ」

小さい頃、三人で真っ暗になるまで遊んだっけ。よく親に怒られたけど毎日が本当に楽しかった。涼真に引っ張られ空き地に到着した。そこには男が一人、わたしたちを待ち構えていた。

そこにいたのはもう一人の幼馴染み、平沢《ひらさわ》獅子だった。

「やっと来たのかよ。待ちくたびれたぜ」

「ごめん、ごめん」

「……獅子」

獅子とわたしの関係性は昔から一つしかない。涼真を取り合う終生のライバル。毎日のように喧嘩して涼真を取り合ってきた。昔から根本的に性格が合わず、わたしの大好きな涼真を目の前で奪っていく獅子に腹が立ってたまらなかった。話もしたくないほど嫌いかと言われたらそうではない。幼馴染みだから獅子の良さは理解している。雫ちゃんが獅子を選んだのも納得できるし。でもわたしから涼真を奪っていくことだけは許せない。

「よぉ紬、塞ぎ込んでんだって」

「……るさい」

だからこそ獅子に弱みを見せたくない。つけ込まれるのがわかってるし、一分の隙《すき》も見せたくなかった。

「まぁいいや。何で遊ぶ？　三人揃《そろ》ってここに集まるのは十年ぶりだもんな」

「そうだね。せっかくだし、昔みたいに」

「悪いけど」

わたしは声を挟《はさ》んでいた。

「そんな気持ちになれないの。涼真、ごめんなさい。心配かけちゃって」

「紬……」

「もう少し、もう少ししたら元気になるから。今度は上手くやれるように……ごふっ！」

その時だった。口の中に何かが入ってきた。土の味がして、それを投げつけてきたのが獅子だってことがわかった。

「ままごとをやろーぜ。紬、おまえいつも俺に泥団子《どろだんご》食わしてきたもんな。今度は俺が食わしてやるよ」

「僕たちのままごとっていつも最後は喧嘩になってたよね。獅子と紬の、殴り合いの喧嘩に発展……って紬!?」

涼真の驚きの声と同時に、わたしは飛び上がり獅子に蹴《け》りを食らわしていた。だけど獅子はその蹴りを腕でガードする。

「そうそう！　こうやって殴り合いしたよなぁ！」

「うるさい。今日こそトドメを刺してやる！」

「やってみろよ！」

チアで鍛《きた》えた体幹《たいかん》を生かして、わたしは縦横無尽《じゅうおうむじん》に空き地を駆け回り、加速をつけた蹴りを獅子に食らわせる。

ただその場で攻撃するだけでは致命傷は与えられない。勢いをつけないと……。

「へっ！　俺は女には手を出さない主義だが紬、おまえは女じゃねぇ！　だからぶん殴る！」

「ぐっ！」

横腹に蹴りを入れられて、その衝撃に吹き飛ばされてしまう。十年前はこんなに差はなかったんだけどな。やっぱり百八十センチ超える男になった獅子はとんでもなく強くなっている。

でも獅子にだけは負けたくない！

「なんだよ弱っちぃな！　昔のおまえは強かった。俺が何度も何度も泥団子食わされるほどだ」

「あの時凄《すご》かったよね。マウント取って獅子の口に突っ込んでたもんね……」

「なのにあんなクソ女どもに縮《ちぢ》こまりやがって！　情けねぇ！」

「わたしがどんな気持ちで！　あんたなんかにわかるはずない」

獅子は地上では強いが空中戦は得意ではないようだ。攻めるならここしかない。迎撃《げいげき》する獅子の蹴りを避《よ》けながら跳躍《ちょうやく》して、獅子の顔面に蹴りをぶち込む。

「いってぇっ！　おらっ！」

「うぐっ」

返しのパンチを腹に食らい、思わず口から空気が漏《も》れ出る。負けたくない。獅子にだけは負けたくない。いつも涼真は獅子の側にいた。同性だから仕方ないところがあるのはわかっている。でも涼真に対する気持ちでは負けない。

「うらっ！」

「いいパンチじゃねぇか！　それでこそ紬だろっ！　自分の気持ちを押し殺してんじゃねぇっ。我《わ》が儘《まま》に俺や涼真を巻き込んでいく。それが紬の本性だろ！」

「……っ！　獅子にだけは負けたくない」

「俺もそうだ。紬だけには負けたくねぇ！　だから嫌いな女を全部おまえだと思っている。そうすりゃ立ち向かう意思が湧《わ》いてくる」

何度も攻防を繰り返し、わたしも獅子も傷が増えてきた。わたしの方が攻撃を当てているのに獅子はピンピンしている。ほんと体力馬鹿《ばか》。

「はぁ、はぁ！　絶対泥団子食わせてやる！」

「おっ、ようやくらしくなってきたじゃねぇか！」

「あんたを従わせて、涼真とままごとをするんだから！」

「できっかよ！　今のおまえに」

「できる。やってみせるっ！」

獅子が飛び出して、わたしの体に向けて拳《こぶし》を放ってくる。だめだ……体力切れで避けられない。その時だった。

「そろそろ介入《かいにゅう》しようか」

「涼真？」

涼真がその獅子の拳を弾《はじ》いたのだ。わたしの前に涼真が立っていた。

「今回は紬につくよ。もう君を手放したくないからね」

今回は……。そう、わたしが引っ越す前の大喧嘩で涼真は獅子についた。だから悔《くや》しくて二人に引っ越しのことを告げられず、そのままこの街を去ったのだ。だから涼真がわたしについてくれたことがとても嬉しかった。

「おおい！　涼真、俺を裏切るのかぁ！」

獅子は悲しそうに憤《いきどお》る。

「うん、だって裏切ったじゃん。この前、僕の助けを求める声を無視して大月さんについたじゃないか」

「あの時はぁぁぁ、仕方ないだろぉぉぉ。なぁ涼真聞いてくれ！　俺は雫を大切にするって決めてるんだ。でも涼真だって親友だから大切だ。だからさ」

獅子はにこりと笑顔を見せた。

「雫の次、二番じゃダメなのか？」

「ダメに決まってんだろ！　馬鹿か!?」

「やっぱダメかぁぁぁあ」

獅子はその涼真の怒声《どせい》にやられたように飛び退《の》いた。

「ちっ、涼真がそっちにつくならやめだ。紬！」

獅子がわたしに指をさしてくる。

「決着はまた今度だ。あばよ」

獅子は手を振ってゆっくりと立ち去っていた。地面にへたり込んでしまったわたしに涼真は手を差し出してくれる。

「大丈夫？　ったく獅子も女の子を普通に殴るんだもんなぁ……」

「だいぶ手加減されてたよ。顔は一回も殴られなかったし、わたしは獅子の顔しか狙《ねら》わなかったけど」

「それはどうかと思うよ」

「でも悔しいっ！」

獅子に負けかけたことも、情けをかけられたことも全部悔しかった。ああ、わたしまだこんなに悔しいと思える気持ちあったんだ。ずっと忘れていた。涼真の手を摑《つか》んで立ち上がる。

「もう全部が全部悔しいっ！　獅子の件だけじゃなくて全部が！　ねぇ涼真、わたし……。わたしらしくしていいんだよね」

「ああ。紬らしくしていい。もう我慢《がまん》しなくていいよ」

「うん！」

無理な我慢をし続けて自分を見失っていたんだ。それを涼真たちが取り戻させてくれた。わたしが悪くないなら我慢なんてしなくていい。わたしらしくやればいい。少し落ち着いてきた。さっきまでのこと……お話ししなきゃ。

「涼真でしょ。獅子とわたしを喧嘩させる茶番を考えたの」

「あ、茶番ってわかってたんだ」

「わかるよ」

五歳の時ならともかく、高校生になった今なら、わかって当然だ。多分二人ともわたしを思ってくれたんだろう。獅子はそれでもむかつくけど。

「下手な言葉じゃ通じないと思ったんだ。僕やアリサでもきっとできない。昔の紬を呼び起こせる人間は君のライバルだった獅子しかいなかったんだ。だから獅子に頼んで子供の頃のように思いの丈《たけ》を叫んでもらった」

「……わたしのことよくわかってるね、涼真」

「当然だよ。僕は紬の幼馴染みだからね」

そんな風にわたしに微笑《ほほえ》んで言ってくれる涼真の気遣《きづか》いが嬉しい。それは五歳の時、望んでやまなかったもの。それがようやくこの手に収まった気がする。獅子じゃなくてわたしについてくれた。だから自然とこの言葉が出てきた。

「いつもわたしを見てくれてありがとう。大好きだよ、涼真」

「ああ……。んんっ!?　そ、それって」

「うーん、何かすっきりしたなぁ。すっきりしたらお腹空《なかす》いてきちゃった。ねぇ涼真、ご飯一緒に作ろう。ひよりちゃんに作ってあげよ」

涼真に対する自分の気持ちがようやく飲み込めた気がする。子供の頃から抱き続けたこの気持ち、ようやく……。わたしは涼真の腕に自分の腕を絡《から》ませた。

「獅子に殴られて疲れた。涼真が支えてくれないと帰れない」

「はぁ……わかったよ。でもその胸が当たって……」

「涼真とのツーショット写真、アリサちゃんに送っていい？」

「騒動《そうどう》になりそうだからそれだけは止《や》めようかっ！」

涼真の心底焦《しんそこあせ》った姿を見て……わたしは涼真への想いを飲み込んだ。幼馴染み二人のおかげで……わたしは思い出せた気がする。わたしがやるべきこと……うん！

そして週末が終わり、わたしは再び学校へ通い出した。気遣ってくれたアリサちゃんや雫ちゃんにお礼を言って、雫ちゃんの前で獅子に殴られたと言って獅子の表情を青ざめさせた時はちょっとすっきりした。

だって殴られたところ青たんできてたんだからね！　でも学校に通うことができたからと言って変わるところと変わらないところがある。そう、わたしに対する噂が消えてなくなったわけじゃない。だから今日もこの前と違うクラスの女子に絡まれてしまったわけである。ここからは立ち向かわなくちゃ。

「あんたさ。今日も告《こく》られたらしいじゃん。そいつこの子の想い人だったんだぞ。人の好きな男に色目使うのやめろよ。あんたのせいで傷つく子いっぱいいいんだよ」

「男に媚びててほんと嫌な女」

「……ひどい。ずっとずっと好きだったのに横からかすめ取るなんて」

やっぱり十年言われ続けたからこうやって詰め寄られるのは怖い。でも……こうやって弱気でいる限りずっと言われ続けるんだと思う。わたしがおとなしくしていてもきっと好転はしない。わたしが成功するのはいつだってわたしがわたしらしくいた時だ。

「言いたいことはそれだけ？」

「はぁ？」

言い返されると思っていなかったのか、目の前の名前も知らない女子たちは表情を歪《ゆが》ませた。

わたしは胸のドキドキを抑えて、目の前のこいつらが獅子だと思って喋《しゃべ》ることにした。そうすればわたしは強気でいられる。別に嫌われたっていいんだ。ここにはわたしを受け入れてくれる幼馴染みがいるんだから。

「それをわたしに言われても正直困るよ。わたしのせいで傷つくってどういう発想なの？」

「なんだと!?」

「わたしだって選ぶ権利があるんだよ。好きでもない男子に告白されて嬉しいわけないじゃない。人の好きな男に色目使うなって言うならそっちがさっさと好きだって言えば良かったことでしょ。わたしのせいにしないで」

「……あんた、本当に柊なのか」

この前までのわたしだったらびくびくして何も言えず謝っていたことだろう。だけどわたしは何も悪くないんだから言いたいこと言っていいはず。目の前の女子たちが獅子なのであればわたしは言いたいことを全力で言う。

「もう我慢しないって決めたし。あなたたちみたいな、わけわかんない嫉妬《しっと》で文句を言う人たちにわたしは屈したりしない」

「生意気なっ！」

女子の一人が手を挙げた。うん、一発食らうか。そしたら顔面に跳《と》び蹴《げ》りを食らわせよう。

わたしは痛みを予想し、目を瞑《つむ》った。だけどその痛みはいつまで経《た》ってもやってこなかった。

そう、目を開けると、金色の髪をした女の子がその攻撃を受け止めていたのだ。

「暴力は良くないと思うわよ」

何より美しいエメラルドグリーンの瞳《ひとみ》が攻撃的な女子たちを睨《にら》みつける。アリサちゃん……。どうしてここに。

「朝比奈アリサ！　あんたには関係ない」

「関係ないことないわ」

アリサちゃんがわたしを見た。

「紬は私の友達だから。友達を助けるのは当たり前のことでしょ」

当たり前のように言ってくれるアリサちゃんの言葉が凄く嬉しかった。やばい格好良すぎる。

わたしは女の子の友達がずっとできなかったからこうやって言ってくれるのは本当に嬉しい。

「ちょっと話聞かせてもらったけど、紬に落ち度はないわよね。そもそも色目を使えないあなたたちが悪いのよ。無力を人のせいにしないで」

アリサちゃんもきっとわたしと同じような目に遭《あ》ったことがあるはずだ。でも彼女は凜々《りり》しく、格好いい。どんな相手にも負けなかったんだろう。

わたしもアリサちゃんみたいに負けない女の子になりたい。そうすればアリサちゃんみたいになれるから。相手の一人が大きく前へ出てきた。この子がわたしに好きな人を盗られたって思った子だっけ。そもそも盗ってないし、どの男かもわからない。

「あんたたちみたいに美人に生まれたら悩まなかった！　どうせあなたたちは男だって選びたい放題で困ったこともないいんだろうな」

その言い方、腹が立つ。わたしは言い返そうとした。

「そんなこと！」

「そう言われたのに、全然そんなことないんだけど！」

わたしの言葉よりも早くアリサちゃんの声が響いた。何かアリサちゃん頭抱えてない？

「いっぱいいっぱいアプローチしてるのに届かないの！　体張って好みの服を着てるはずなのに、この前だって私の部屋で一緒に過ごしたのに結局手を合わせる以上はなかったし！」

「アリサちゃん？」

「何が私なら絶対落とせるよ！　その顔と体で落とせない男はいないなんて！　全然落ちてくれないじゃない、告白してくれない。嘘《うそ》ばっか！」

心からの叫び声だった。そしてその相手はわかっている。ふーん、アリサちゃんと同じ部屋で一緒に過ごしたんだ。わたしその話聞いてない。

「あんたから告白したらいいじゃ」

誰もが思うことを相手の子から告げられる。その言葉にアリサちゃんは大声で返した。

「フラれたらどうするのよ！　私、フラれたら生きていけないんだけど！　死ぬわよ！」

凛々しくて格好いい。学校一の美少女のアリサちゃんの面影《おもかげ》が完全に消え失《う》せちゃっている。相手の子たちも皆、啞然《あぜん》としていた。アリサちゃんが恋に悩みまくっているなんて思ってもみなかったんだろう。わたしは一度深呼吸した。

「わたしもアリサちゃんもあなたたちとそんな変わらないよ。好きな人を想うと胸が苦しくなるし、他の人を好きになるんじゃやって不安にもなる」

「……」

目の前の女子たちがお互いを見合う。

「けど結局話をするしかないの。その人が好きならもっと話をして好きになってもらわなきゃ。こんなところで言い争ってる時間なんて、もったいない」

「……」

わたしに好きな人を盗られたと思い込んでいる子が頷《うなず》いた。

「わたし好きな人がいるよ。ずっと十年間思い続けてきた人なの。多分あなたが好きな人とは被《かぶ》っていないと思う。だから……頑張って」

「詰め寄ってごめんなさい」

ぺこりと頭を下げてくれた。わたしに敵意がないってわかってくれたかな。文句を言ってい
た子たちも何も言えなくなっていた。このまま言い争っても仕方ないとわかったんだろう。

「みんな行こ」

わたしとアリサちゃんを残して女子たちは向こうへ行ってしまった。

ふぅ……。やっぱりはっきりと言わなきゃいけないんだね。ちゃんと話せば理解し合えるこ
ともある。アリサちゃんの方に顔を向けた。何だかぶつぶつ言ってるような気がするけど……

お礼を言わなきゃね。

「アリサちゃん、ありがとう。お友達と言ってくれたこと凄く嬉しかった。これからもずっと」

「紬ぃぃぃ！」

「ひぇっ！」

アリサちゃんに両肩を掴まれる。

「す、す、好きな人がいるって。しかも十年間思い続けてきたってそれってもしかして」

「涼真のことだよ」

「や、やっぱりぃぃ！　でも幼馴染みとして好きってあの時は！」

お風呂一緒に入った時に言ったっけ。あれは間違いじゃないよ。幼馴染みとしてずっと涼真

が好きだった。その感情に恋愛感情が含まれていたことにこの前やっと気づいただけだから。だからアリサちゃんとイチャイチャしてるところを見たら胸が痛くなるんだって。わたし、五、六歳の頃からずっと涼真のことが男の子として好きだったんだ。

「アリサちゃん、わたし負けないからね」

「そ、そんなぁ……」

アリサちゃんは少し勘違《かんちが》いをしてるけど……可愛いしこのままでいいかなって思う。わたしは負けたくない。だからこそ、この涼真への気持ちは封印《ふういん》しようと思っている。

だって涼真ってアリサちゃんに夢中なんだもん……。そうだよね。格好よくて、凛々しくて、時々抜けてて、そんなところが可愛い。まるで獅子みたいな女の子。涼真が好きにならないはずがない。

だからわたしは勝負しないことに決めた。勝負しなければ負けないから。わたしは負けヒロインに絶対にならない。だからわたしはいつまでも幼馴染みとして涼真を好きでい続けるよ。

「強力なライバルすぎる……どうすればいいの。こうなったら海に沈めるか……山に埋めるか」

アリサちゃんが物騒なことを呟《つぶや》いてる。わたし選択間違えてないよね、大丈夫だよね。

戸惑《とまど》うアリサちゃんが可愛いなぁとは思うけどやり過ぎないようにしないと……。これからは友達としてあなたの恋を応援するからね。

第四章　「みんなとプール・レクリエーション」

紬《つむぎ》が中心となった学校での一騒動《そうどう》が終わりを迎え、健《すこ》やかな日常が戻ってきた。

紬は完全に調子を取り戻し、元来の強い心も取り戻したようだ。僕の知らないところでバチバチやったところもあったようだけどアリサと上手《うま》くやり過ごしたと聞いている。そして紬は誘われていたチア部に入部した。臆《おく》せず、本音を言えるようになり真剣に練習を行っているようだ。

この前練習を見せてもらったけど一生懸命笑顔で演技をする紬の姿はとても輝いているように思えた。さらに。

「ねえ涼真《りょうま》。見て見て、これ！」

休み時間、紬が僕の机の前にやってきて、ぱっと手の甲《こう》を見せてきた。白くて綺麗《きれい》な肌《はだ》だななんて思う間もなく、煌《きら》びやかな付け爪《づめ》が目に入る。

「ヤバくない！　絵理《えり》ちゃんと真莉愛《まりあ》ちゃんにやってもらったの！」

アリサが一番よく話しているグループ、そこにはギャルが二人いる。以前紬はその二人に苦手意識があったらしいが今は積極的に関《かか》わっているようだ。アリサは、良い友達と言っていたからきっと気の良い子たちなんだろう。ちなみに僕とは接点がないので話すことはない。

「チアしてる時は付けられないけど付け爪見てるだけでテンアゲって言うか～」

「紬、楽しそうだね」

「今、とても楽しいよ！　涼真とアリサちゃんのおかげだね」

紬の楽しそうな姿にほっこりする。しかし。

何だか服装が少し際どくなってる気がする。スカートの丈《たけ》が短くなってるし、制服の胸当てを外してるせいか、つい視線がそちらに……。活発な性格だけど服装は清楚《せいそ》で真面目《まじめ》ぽかった紬が弾《はじ》けたようになっているのだ。何よりも気になるのは言葉遣《づか》いだろうか。

「紬、行くよ！」

「うん！　じゃね涼真。とりま、声かけるから」

幼馴染《おさなな》み《じ》がギャル化してる件！　そのうちあの綺麗な黒髪に色が入るんじゃなかろうか。

いや、楽しそうだからいいんだけどね！


その日の夜、家事代行のお仕事を終え、もう少しすれば日付も変わりそうな時刻だった。

「ひよりったら幼稚園の友達が多くて、家に遊びに連れてくるもんだから大変だよ。完全に僕が作るお菓子目当てなんだよなぁ」

「涼真の作るお菓子美味《おい》しいからね」

「あんまり食べ過ぎると虫歯になっちゃうからなぁ」

「え～、大丈夫だよぉ」

ここ最近、毎晩寝る前にアリサとオンライン通話をしている。今回の紬の一件からさらにアリサとの関係が深まったからだろう。家事代行の時にいっぱいお話ししてるのにまだ話をしたくなるなんて……本当に。

「……」

「どうしたの涼真？」

「前も言ったんだけど……あのね」

「さっきから涼真の視線が上下に動いてることと関係ある？」

「あるけど言わないで！」

オンライン通話、初めは声だけだったんだけどアリサが顔を見てお話ししたいと言い出したので今はお互いの顔を映しながら通話している。僕もアリサも寝間着《ねまき》姿。そして季節は夏。

つまりアリサはものすごくラフな格好《かっこう》をしているのだ。学校一の美少女が豊満な胸元を見せつけながら話してるんだ。意識しないでいられるはずがない。何度も言った、気をつけてと！でもアリサは決してやめなかった。

「えー。だって暑いんだもん。涼真はわからないと思うけど胸が大きいとほんと困ること多いのよ。紬だって小さくなってほしーってよく言ってるし」

アリサほどでないにしても紬も十分大きいもんな。

「だから風通しよくしないと湿疹《しっしん》とかできちゃうの。だからほらほらっ」

アリサはひらひらしながら胸元をちらりと見せてくる。録画かスクショしてぇっ！　でもそれは人としてやっていけないような気がする。

「下着見えちゃうよ」

「……いいし。涼真に見られていいやつ着けてるから」

小声だったから聞こえてないと思っているかもしれないが僕の聴力を舐《な》めてはいけない。だけど聞こえなかったことにしよう。それがいい。あ、ピンク色が見えた。ダメだってば。話題を変えてやり過ごすか。

「えっと、今度みんなでプール行くよね！　あ〜楽しみだ」

「随分《ずいぶん》と唐突《とうとつ》に話題変えたわね。うん、私も楽しみ。ひよりちゃんに涼真、雫《しずく》に紬もいるしね」

「獅子《れお》もいるからね。男が僕だけになっちゃう」

アリサと獅子の関係は相も変わらずだ。

「いいよ」

「え？」

「男なんて涼真だけでいい。私が仲良くしたい男の子なんて涼真だけなんだから」

何という破壊力。嬉《うれ》しさと恥《は》ずかしさ、その他言葉にできない感情がいっぱい渦巻《うずま》いているようだ。

間違いなく嫌な気持ちは一切ない。アリサに言われたことがこの上なく嬉しい。

「静流《しずる》さんが聞いたら悲しむよ」

「静流は兄だからいいの。家族は別。……夏休みに入ったら泊まりに来てよ。ひよりちゃん連れてきてもいいから、もっと夜更《よふ》かしして、いっぱい話したいなぁ」

「……うん。朝は僕が美味しいご飯作ってあげる」

「やったっ！　約束よ」

時刻が日を跨《また》ぎそうになってきた。時間でちゃんと区切らないとお互い永遠に話してしまいそうだ。

僕とアリサの間では、話題は一切尽きることがない。まるで幼馴染みのようにずっと話すことができるのだ。多分だけど僕はアリサを獅子と喋《しゃべ》っているように感じ、アリサもまた僕を大月《おおつき》さんと喋っているように感じてるんじゃないかと思う。

仲良くなってまだそんなに経《た》ってないのに十年以上も一緒にいたような感覚。それだけじゃない。アリサと話せば話すほど……彼女が魅力的に思えてくる。その素晴らしい容姿を通して、その美しくも凛々《りり》しいアリサの心に惹《ひ》かれていく。

「涼真……涼真！」

「な、な、な、何!?」

「呆《ほう》けてどうしたの？　じっと私を見てたみたいだけど。まさか」

「え？」

アリサは胸元を片手で隠した。

「そんなにじっと見ていいとこじゃないの」

「違うよ！　まぁ……」

心という意味では部位は間違ってないのかもしれない。

「それでどうしたの？」

「ちゃんと聞いてよね。今度みんなでプール行く時……どんな格好で来てほしい？」

「格好かぁ。水着ってことかな。その……」

正直アリサなら何でも似合う気がするけど、そりゃ求めてしまうのはその豊かな体を包み込む……。

「水着はもう買ってるから違う」

それは残念……。さっきも思った通りどんな格好のアリサも似合ってるからね。

「涼真は何を考えて、何を言い訳してるのか見える気がする」

「見透かさないで……」

「一応男の子が喜びそうなの選んだつもりだから。えっと……あくまで雫や紬と相談して一番似合ってそうなのだからね！　勘違《かんちが》いしないでね」

ってしまう。

「わかってるよ！」

でもその言葉は僕のために選んだというのと同義だと思う。違うと思おうしても顔が赤くなってしまう。

「私が聞きたいのは行き帰りの服装よ。いつもは自分で決めてるんだけど誰かの要望に添って考えるのも楽しいかなって」

「そういう話か」

「ふざけて冬物とかはやめてね。あとは羞恥《しゅうち》を楽しむような服は……。涼真がどうしてもって言うなら考えてもいいけど」

「夜だからって寝ぼけないでね。アリサに着てもらいたい服かぁ」

水着もそうだけど何着たって似合うのはわかっている。アリサは女子グループのギャルの影響で体のラインを生かした服を着ることが多い。この前遊びに行った時もそうだったし、大月さんや獅子と遊びに行った時なんかも普通の人なら絶対着られないような格好だったしなぁ。制服以外でスカートを穿《は》いているイメージがない。だったらこれかな。

「清楚なお嬢様……みたいな格好はどうかな？」

「せ、清楚？」

「うん、初めて会った時ひよりがお姫様みたいって言ってたじゃないか。お姫様は無理としてもお嬢様はありじゃないかなって。ロングスカートの深窓の令嬢……どうかな？」

「ふーん、深窓の令嬢。それが涼真の性癖《せいへき》なんだ」

「性癖って言い方は止《や》めて」

どうしてそっち方向になるのかなぁ。金色の髪をしたアリサがそういう服を着たらどうなるのか。凄《すご》く興味がある。

「うーん」

アリサはスマホを持ったままベッドの上でごろりごろりと動き続ける。ダブルベッドだからとても広いなぁ。僕の視線は揺れ動く胸元に集中し、本当にクズ野郎だなって感じてしまう。でも無防備なアリサも悪いでしょ。

「わかった。ちょっと考えてみる」

「うん、楽しみにしてるよ」

「……涼真ってそっち系の服の方が好みだった?」

突然の質問、僕は自然と言葉が出てきた。

「服装の好みは特にないよ。正直誰が着てるかが大事だと思うし。どんな服でもアリサが着ればきっとすごく綺麗なんだろうなって思うんだ。だからそのジャンルの服が好きなんじゃなくて、毎回、そのジャンルの服を着たアリサが好きなんだと思う」

「ふえっ!」

好きなことに対してオタクのように饒舌《じょうぜつ》になった僕。アリサの顔が赤く染まる理由をその時はわかっていなかった。両手でスマホにかじりついて何だろうと思ってたけど、視線はやっぱり腕で押しつぶされて深い谷間になった胸元にしか行かない。

「私、頑張るから！　涼真の好きな深窓の令嬢になれるように頑張るから！　お、おやすみなさい。じゃあね！」

そのままプチンと通話が切られてしまった。おかしいな。胸を見ていたらいつのまにか話が終わってしまっていた。はぁとため息をついて、僕はスマホをベッドに置く。するとスマホが振動し着信音が鳴った。

「なんだ？」

ラインの通知が来たようだ。大月さんからのコメントか。

『深窓の令嬢好きだなんて小暮《こぐれ》くんってほんとフェチだねぇ』

何でもう知ってるんだよ。通話切って速攻、アリサは大月さんに連絡したに違いない。

「……」

それは良いんだけど何だか腹が立つな。大月さんにやられっぱなしな気がするし僕も意表返しをしたい。僕はスマホをいじってあいつに連絡した。

「ああ遅くにごめんね。まだ寝てなかった？　ねぇ獅子」

通話の相手は幼馴染みの平沢《ひらさわ》獅子だ。

「今度みんなでプール行くよね。明日でもいいから事前に大月さんに言ってほしいんだ。ある格好で来てほしいって。え？　大丈夫だよ。ああ見えて獅子のお願いは聞こうとする子だと思うから。獅子だって見たいでしょ、彼女が普段着ないようなあの格好。うん、よろしくね！」

それだけ言って通話を切る。さて楽しみだな。獅子に頼まれてあの格好をする大月さんをいじってやろ。そして六人で遊ぶ日となる。


「れお〜。おはよ〜」

「ひより！　よっと」

ひよりを連れて、まずは獅子と待ち合わせをする。獅子の姿を見たひよりは駆け出し、獅子はひよりをいつも通り抱え上げた。

「れお、今日はみんなでプールに行くんだよ！」

「だな。しっかし、ひより、前より大きくなったな。成長してるんだな」

「ひよりも来年は年長、その次の年は小学校だからね」

「はえーよなぁ」

獅子がひよりの服装を見ていた。

「可愛《かわい》い格好じゃねぇか。涼真におめかししてもらったのか？」

「ん〜ん、紬ちゃんにしてもらったの」

紬はひよりを大層気に入っており、時々ひよりの服を買ってくる。僕はそういうのには無頓《むとん》着《ちゃく》だし、正直ありがたいと思っている。

「でも、紬のやつはいねーじゃねぇか」

「紬ならアリサのところへ行ってるよ。昨日から泊まって準備するんだって」

「雫も言ってたっけな。雫が送ってくれたんだけど見てみろよ。すげーよな」

獅子が映し出したラインの写真を見せてもらう。大月さんが作っただろう、今日のお昼ご飯の弁当が並んでいた。大月さんと一緒に紬もいることから一緒に作っているに違いない。

アリサは今回手を出したのかな。アリサに料理を教えているんだけどあんまり上手くならないんだよなぁ。最寄《もよ》り駅で女性陣と集合、その後一緒に電車で県内最大のレジャープール施設へ向かう予定となっている。

「何かドキドキするなぁ」

「ドキドキ？」

「僕、女の子とプールなんて初めてなんだよね。紬と行ったっていっても小さい頃だし。獅子は何回か行ってなかったっけ」

「騙《だま》されてな。男子だけって聞いてたのにプール着いたら女子がいるんだぜ。聞いてねぇっつーの」

未《いま》だ大月さん以外の女子に対して塩対応だったりする。これも学校一の人気者がやると恋人に一途《いちず》だと良い評価になるわけだが。アリサの男性関係ほどではないかもしれないが獅子も相当、女性関係で苦労していた。すぐ側《そば》で見てきたからよくわかるんだ。未だ、女子にいい格好しようとして獅子を出しに使う男子も多いから、獅子が本当に信じられる人間はそう多くない。

「俺、本気で雫との将来を考えてるんだよ」

「気が早くない？」

「雫だって考えてくれてるんだぜ。涼真だってわかるだろ。雫の能力」

正直家事全般の能力は僕より上だと思う。前時代的な考えかもしれないけど、大月さんは女性的で裏方仕事に異常に長《た》けている。獅子を支えるという点でもぴったりなカップルだろう。

「俺、バスケのプロ選手目指してるって言ったらさ。雫はどうしたと思う？」

「ん、何だろう」

「海外行くかもしれないから通訳のために英語の勉強と栄養士になるための勉強とマッサージを極《きわ》めるために整体まで勉強し始めたんだぜ」

「マジ？　あの人の意欲どうなってんの？」

「そこまでしなくていいと言ったんだけど……。これらの勉強は生涯《しょうがい》の無駄にはならないから気にしなくていいって。目標がある方がやりやすいからってさ。尊敬しちまうよ」

それはスゴイ。確かに英語が堪能《たんのう》だったらいろんな職につけるし、栄養と整体は人の体に関することだから知っていて損《そん》はない。大月さんはそこまで成績は良くないって聞いてるけど……実践《じっせん》的なことに向いているんだろうな。

「僕には絶対無理だな。ほんと凄いなぁ」

「……」

獅子が怪《あや》しげな目で僕を見る。

「雫が頑張るきっかけになったのって涼真なんだぞ」

「へ、そうなの？」

「涼真も朝比奈《あさひな》が高校卒業したら起業するかもしれないからその手伝いをしたいって言ってたじゃねぇか」

「うん」

「それで起業に必要な情報とか、税金、法、投資関係一般勉強してんだろ」

アリサや静流さんに誘われたことが嬉しくて、僕もそのあたりを勉強しようと思ったんだ。

せっかく誘ってくれるんだったら貢献《こうけん》したいしね。それにもしその話はなくなったとしても税金や法律関係のことは学んでおいて損はない。確定申告とか大事ってよく聞くし！　税の控除《こうじょ》を理解していれば無駄な出費を抑えられるでしょ。

「大人になったら嫌でも関わってくるんだし、今した方が後々楽になると思っただけだよ」

「雫も涼真もすげーよな。思うまま生きてる俺が情けなくなるぜ」

「僕からすれば才能溢《あふ》れる獅子やアリサの方が凄いと思うけどね」

結局は皆、ないものねだり、隣の芝生《しばふ》は青い理論なんだろう。

「れおもにーにーも格好いいよ。いい子いい子」

「ひよりが一番天使なのは間違いないね」

「だな」


夏の青空の下を僕たちは楽しく喋りながら歩いていた。最寄り駅に到着。女性陣はもう到着しているって話だからどこかにいるはずだ。下手に捜すより周りの人の目を見た方がいいかも。あの三人、見た目が極上級だから視線を集めているに違いない。

「涼真！　ひよりちゃ～ん！」

紬の声がする。獅子の名前を呼ばないところがわかりやすい。

「紬ちゃん！」

ひよりが強く反応したので、ずっと抱え上げていた獅子はひよりを下ろす。声のした方へひよりは駆けだしていった。

後を追った僕はそこにいるだろう紬の姿を見てぎょっとした。

「涼真、おっはよ～！」

「お、おう。紬、今日は何というか……変わってるね」

最近ギャル系にハマってるなと思っていたけど、なんか違うぞこれは。さらに派生《はせい》して、これは口には出せないけどおそらく。

「地雷《じらい》系じゃねぇか。さすがやべぇ女にはよく似合ってる」

「は？　獅子に似合ってるって言われても嬉しくないんだけど」

獅子は紬に対してはありのまま、思ったまま伝える。僕がとても言えないようなこともさも当然のように言うんだから。

紬はダーク系のスカートとガーリー系の可愛らしいピンクのアウターに身を包んでいた。紬の黒髪に良く似合っているのは間違いない。髪型は、いつもは背中に流して飾り気も少ないのに、今日はリボンでまとめてツーサイドアップに変えていた。

「紬ちゃん、すごく可愛い！」

「ありがと～！　ひよりちゃんもぱないよ！」

紬とひよりは家と同様、まるで姉妹のように仲良しだ。僕も紬に近づく。

「これからプールに行くのに結構着飾ってきたね」

「ウォータープルーフだし、メイク自体もかなり薄めだから大丈夫だよ。アリサちゃんと雫ちゃんのメイクを手伝っていたらわたしもしたくなったの。どう、可愛くできてる？」

「うん。紬らしくてとても似合ってるよ」

「ありがと～っ！　わたし、こういうファッションにハマっちゃってるかも！　何でかな」

「地雷女だからだろ。性格真っ黒だし俺にはよくわかるぞ」

「飛び蹴《げ》りすんぞ」

「二人とも止《や》めなさい」

まったく喧嘩《けんか》ばかりしてるんだから。

「紬、良い顔になったよね。紬のやりたいこと、僕も応援するから」

「あ、ありがとう。もう、何か照《て》れちゃうよ！」

ちょっとクサかっただろうか。紬が顔を赤くしながら声を上げた。しかし大月さんもアリサもいないな。二人はまだ来てないのか。

「アリサと大月さんは？」

「アリサちゃんはお化粧直ししてる。雫ちゃんはここにいるよ」

どこだ？　っと思ったら紬の後ろで小さく隠れている女の子がいた。そんな所にいたのか。

紬は振り返って、大月さんの両肩を摑《つか》んで前に押し出した。

「ほ〜ら、雫ちゃん」

「待って紬さん！　いきなりは恥ずかしいっ！」

「おおおおおおっ！」

獅子リアクションでっか。そこに現れたのはギャル風ファッションに身を包んだ大月さんだった。普段の地味な髪型でも彼氏を惑《まど》わす大人びた髪型でもない。やってみました感のあるギャルの格好だ。栗色《くりいろ》の髪を色付きのエクステで彩《いろど》っており、服装も肩出し、露出《ろしゅつ》多めのミニスカートだ。ちゃんとネイルまでしてるじゃないか。

「やっべ、マジで可愛い。雫、可愛すぎだろ！」

「ちょっと獅子くん褒《ほ》めすぎっ。アリサや紬ちゃんに比べたらわたしなんて」

「そんなことねぇって。俺、やっぱり雫の彼氏で良かったよ。恋人が世界一可愛いんだもんな」

「……もう、ありがと」

大月さんが褒められまくってメスの顔してんな。獅子が喜んでるなら提案して良かったのかもしれない。うんうんと思っていたら大月さんが睨《にら》んできた。

「やってくれたね小暮くん」

「何のことですかねぇ」

「白々《しらじら》しい。獅子くんがギャルのわたしを見たいなんて言うから変だと思ったけど小暮くんの入れ知恵なんだね」

「いいじゃないですか可愛いって言ってもらえたんですし。僕も可愛いと思いますよ。可愛い、可愛い」

「はぁん」

「鼻で笑うの止めてくださいよ」

「今度は小暮くんに凄い格好させるから。王子様系とかパンク系とか」

「僕のそんな姿、誰が喜ぶんですか」

「大丈夫。アリサと紬さんだけは喜ぶよ。わたしは小暮くんが恥辱《ちじょく》に歪《ゆが》んだ顔で苦しんでるところが見られればいい」

「性格悪っ！」

大月さんと話すと延々《えんえん》とこんな会話をしてしまいそうなのでここで打ち切ることにした。さてと……僕としてやはりアリサの姿が一番楽しみ。制服でも寝間着でもどんな格好をしていてもアリサは可憐《かれん》で美しい。そんな彼女の清楚な姿、いったいどんな感じなのだろう。

「アリサ遅いね。もういい時間だと思うけど」

「アリサちゃんあの格好だから」

嫌な予感がして僕は駆けだした。この駅のトイレは大広場を突っ切らないといけない。いつものアリサなら見た目だけで気が強い子ってわかるけどもしかしたら今日は……。広場へ出てすぐに、見知らぬ男性に腕を摑まれているアリサの姿が目に入った。頭の中が熱くなった。気づけば走りだしていて、もう片方のアリサの腕を摑んだ。

「僕のアリサに何か用ですか？」

「涼真!?」

自分でもわかるくらい敵意を込めて呼びかけてしまった。でもその男性はサラリーマン風の中年の人で驚いた表情をしていた。

「涼真違うの！　私、慣れない靴で転んじゃって……この人が助けてくれたの」

「え」

これは、僕はとんでもない勘違いをしてしまったのかもしれない。夏の暑さによるものとは違う汗《あせ》が噴《ふ》き出す。この男性は何にも悪くなかった。

「ご、ごめんなさい！」

「ああ、いいんだ。彼氏が来たようだし、私は行くよ。気をつけてね」

落ち着いた雰囲気《ふんいき》のサラリーマンの男性は去っていった。ああ！　僕は何てバカなことをしてしまったんだ。穴があったら入りたいってのはこういうのを指すんだろうな。アリサにきっと笑われる。そう思って視線をアリサに向けたら……のぼせているように顔を赤らめていた。

「アリサ、どうしたの？」

「言った」

「へ？」

「僕のアリサって……」

さらに爆弾発言をしていたことに気づく。僕の親友に何か用ですかって言おうと思ったのになぜか僕のアリサに変わってしまっていた。慌《あわ》てて訂正《ていせい》を……。

でもアリサはじっと僕を見ていた。彼女との関係はこれまでのやりとりで深く進んでいる。僕だってアリサと一緒に過ごす今の時間がとても楽しい。だったら言うべき言葉、そしてアリサが求めてそうな言葉はこれじゃないだろうか。顔から火が出そうなくらい恥ずかしいし、口が震えるけど僕は言い切った。

アリサが目を見開く。そして頬《ほお》を緩《ゆる》ませて、コクンと頷《うなず》いた。

「違わない」

「じゃあ……みんなのところに行こうか」

言ってしまった。僕が絶対言わないと思ってたことを言ってしまった。そして今もアリサの腕を掴んだまま歩いている。さっき転んだと言っていたからできる限りゆっくり。もう一つ言わなきゃいけない。僕が振り向くとアリサはぴくりとした。

アリサが今日、来ている服は普段着ない深窓の令嬢のような服装。海外のお嬢様が着るようなお洒落《しゃれ》なジャンパースカート。白の半袖《はんそで》ブラウスは高級感に溢れていて、まさに英国のお嬢様がお忍びでやってきたという感じだろう。おしとやかな振る舞いがとても綺麗で見惚《みと》れてしまいそうだ。

もう一度クサイセリフを吐きます。でも僕の希望を叶《かな》えてくれたアリサに対する僕の率直《そっちょく》な気持ちだから。

「本当にお嬢様みたいな格好だね。深窓の令嬢っぽいよ」

「え？　うん、私らしくないかもしれないけど……たまにはこういうのもいいのかなって。どうかな。やっぱり似合ってないかな」

「とても良く似合ってるよ」

僕は一呼吸を置く。

「アリサはどんな服装も似合ってるし、いつも綺麗だ。……嬉しいよ」

「っ！　もう……そんな照れるようなこと言わないで。……ありがと」

再び僕はアリサを連れて、みんなのもとへ歩き出した。言葉を交わせないほど僕たちは照れまくっていたのかもしれない。みんなと合流するまで二人とも無言だった。

「涼真と朝比奈。顔が赤すぎだぞ。熱中症かぁ？」

「……」

「……」

「これはあれはかな？」

「これはあれはだねぇ」

ちっ、大月さんと紬は面白《おもしろ》そうな顔をして言ってくる。何があったかは絶対に言いたくない。

「ふわぁ。おねーさんとっても綺麗。今日もお姫様みたい」

「ひよりちゃん！　ありがとう、嬉しい！」

ひよりが上手く場の空気を変えてくれたようだ。エンジェルブレスかな。

「雫、紬ちゃん！　おねーさんとっても綺麗だよね」

「え……二人ともひよりちゃんに名前で呼ばれてるの？」

「そうだよ。だって一緒に住んでるし」

「わたしは一応親しいお友達だから」

「私もひよりちゃんに名前で呼ばれたい！　ひよりちゃん、アリサお姉ちゃんって呼んで」

「アリヒャおねーさん」

「きゃああ、舌《した》っ足らずで可愛いっ！　しゅきぃぃ」

「電車来るし、とりあえず行こうか」

僕たちは電車に乗って移動。電車の中は必然的に女性陣と男性陣に分かれることになる。

「ひー、ウォーターパークは初めてなの！」

「へぇそうなんだ。今日は一緒に遊ぼうね」

「うん！」

「……」

「さっきからずっと朝比奈の方を見てるよな」

「うえ!?　そ、そうかな」

獅子に指摘《してき》されて慌ててしまう。そんなに見ていただろうか。いや、見てたよな。少し距離が離れているので話し声は女性陣には聞こえてないはずだ。

「アリサってやっぱり綺麗だなって思ってさ。前からわかっていたんだけど……接する内に本当に優しくて話してるのが楽しくて。獅子はどう思う？」

「いや雫の方が可愛いだろ。雫が世界一可愛いぞ」

「アリサと同じこと言わないでよ。獅子に聞いた僕がバカだった」

「冗談だって。ま、そこまで言うんならだいぶ本気なんだろ。俺は、朝比奈は気に食わねぇが涼真を評価してるって点だけは認めてやってもいい。悔《くや》しいがいい目をしている」

「また同じこと言ってる」

ほんとそっくりだなアリサと獅子。アリサのお兄さんの静流さんと合わせたら瓜《うり》三つになるんじゃないか。大月さん的には前好きな人と今好きな人で修羅場《しゅらば》になるかもだけど。電車がガタゴト走る中、僕は少し考えてしまう。この気持ちのまま突き進むことを良しとしていいのだろうか。

「僕にまた誰かを好きになる資格あるのかな。中学の時のみんなはきっとないって言うだろうね」

「……かもな。でも俺はあると言い続けるぞ。涼真は悪くないってあの時からずっと言い続けている。だから誰を好きになったって構わない。恋した気持ちは止められねぇよ」

恋をした獅子だから言えることだ。だけど僕と関わったせいで、あの子が傷ついたのも事実。その事実がある以上、僕が誰かを好きになることは許されないだろう。でも獅子の言う通り、止められない気持ちが僕にだってある。

「罰《ばつ》だって言うなら十分、罰は受けてるだろ。その目のハンデだってあいつらは知らないんだろ」

「俺は何があっても涼真を助けるって決めてるからな。それだけは忘れるなよ」

「ありがと獅子」

僕は本当に良い友達を持ったと思う。僕の幼馴染みの親友は本当に誰よりも格好いい。

「じゃあ僕と大月さんが危機に陥《おちい》った時、どっちに手を差し伸べるのさ」

「……」

獅子は目をぱちくりさせて考えた。

「俺は雫関係以外なら何があっても涼真を」

「訂正するのかよ！」

「そうは言うけど涼真だって、もし俺と例《たと》えば朝比奈が危機に陥った時どっちに手を差し伸べるんだよ」

「そりゃアリサかな」

「ほらぁ！」

「だって獅子なら目を合わせただけでその危機をくぐり抜けられるって信じてるから。僕たちの意思疎通《そつう》に言葉はいらない。だから僕は他の子を助ける。これは信頼だよ！」

「そ、そうかそう言われたら仕方ねぇ……。あれ？　何か上手く言いくるめられてないか」

こんなおふざけな言葉を投げかけ合えるのも同性の親友だからだろう。獅子とはいつまでもこんなバカ話をしていたい。気づけば女性陣がじっと僕と獅子を見ていた。

「本当に涼真と平沢くんって仲いいわね。涼真があんなに楽しそうなところ……私じゃ引き出せないっていうの？」

「ほんとそうだよ。わたしよりもいつだって獅子を選ぶんだから。涼真のバカ。男好き」

「それは言いがかりじゃないかな！」

アリサと紬に軽く睨まれて僕は冷や汗をかく。それ以上に困っていたのは獅子だった。

「し、雫」

「獅子くん、浮気はダメだよ」

何で浮気になるんだよ。

「一度や二度くらい見逃してくれよ！」

浮気前提で言うなよ。まったく二人ならともかく女性陣も含めればもっとおかしなやりとりが行われるに違いない。まぁ……それも楽しいからいいんだけどね。そうこうしている内にプール施設の最寄り駅に到着した。

県内随一《ずいいち》のレジャープール施設、ウォーターパーク。

何種類もあるプールに、大型スライダーも存在する。夜はナイトプールもあって多くのカップルが……これは関係ないか。水着のまま持ち込んだ昼食を取ることができるスペースもあり、これが今回、ここに来る決め手となった。何より凄いのは冷蔵ロッカーがあることだ。なので泳いでる間、弁当を長時間預けることができる。みんなで手分けして持ってきた昼食を預けて、僕たちは更衣室の前に行った。

「じゃあ紬、ひよりを頼むよ」

「了解～。そっちの方が着替え早いと思うし、設営お願いね」

「わかったよ」

僕と獅子は更衣室に入り、手早く着替えて、プールの方へ行き、休憩《きゅうけい》スペースを設営した。

ここでご飯を食べたりもするので六人が一緒にいられて、パラソルでなるべく日が当たらないようにできるところを選んだ。しかし広いパークだなぁ。海に来てる感覚だよ。客も多いし、ほんと人気のレジャー施設だな。うーむ。

「どうした涼真」

「いやさ。もうすぐ女性陣が水着で来るじゃないか。何かドキドキして」

「ドキドキ？」

獅子はわかっていなさそうだった。これだから恋人持ちのリア充は困る。答えてあげることにした。

「僕にとって女の子が肌色面積の多い水着で来ることはドキドキもんなんだよ。特にアリサや紬はスタイルいいし」

「ああ、涼真巨乳好きだもんな」

「そうだけど……。その話、大月さんには言ってないよね」

獅子はそっぽを向いた。

「獅子、どれだけ僕の性癖を大月さんにバラしてるの」

「違うんだよ！」

獅子は焦《あせ》ったように腕を大きく振って言い訳を始めた。

「雫に可愛い仕草《しぐさ》で小暮くんのこと全部教えて♡　って言われたら性癖その他全部教えるしかないだろ。安心しろ。過去のことはプライバシーだからな。雫にも言ってない」

「性癖系も十分プライバシーだろ！　だからか、アリサがいつも胸を強調させるような服を着てくるのは」

「良かったじゃん」

「開き直るなよ」

まぁ嬉しいんだけどさ。でも目線とかあるし、バレて揶揄《からか》われてるし。

「俺は巨乳女に魅力を感じねーんだよな。何がいいかわからん」

「良かったね。大月さんが巨乳じゃなくて」

「それ絶対雫に言うなよ。氷の笑みになるから」

何となく予想はつく。しかし僕の性癖ばかりバラされるのは納得いかない。

「大月さんに後で話しておこうかな。獅子が実は腋《わき》フェチで好きな子の腋をペロペロしたがってるって」

「おわっ！　やめてくれ。それはまだ話せてないんだぁぁぁ！」

イケメン爽《さわ》やか人気男の密《ひそ》かな性癖。僕もその魅力は何となくわかるけどね。腋もいいけど太ももいいよね。性癖は人による。

「れお！　にーにー！」

天使が舞い降りてきた。新しい水着に身を包んで妹のひよりが僕の方へ走ってくる。なんて可愛いんだ。彼氏できたって言われたら絶対その彼氏をぶん殴ってやる。

「二人して何の話してたの？　何かわたしの名前が聞こえた気がしたけど」

ひよりを連れてきたのは大月さん。ギャルメイクはそのままだが色メッシュの入ったエクステなどはさすがに外してきたようだ。ラッシュガードを着て、ちょっと恥ずかしそうに体を隠している。

「お、おう。いつも通りの会話だよな」

「そーだね」

性癖の会話はいつも通りと言える。腋の処理しといた方がいいですよ、と喉元《のどもと》まで出かかっているが、それは僕が変態扱いされそうなのでやめておこう。

「獅子くん、水着がよれてるよ。ほら」

大月さんが手慣れた感じで獅子の水着を直す。ほんと手慣れてるなぁ。

「獅子の半裸《はんら》を前に随分慣れてますね。初めて会った頃の大月さんならもっと可愛げがあったはずなのに」

「すぐにお胸に目がいく小暮くんとは違うの」

「お胸……ねぇ」

「わたしのを見るなっ！」

「涼真、言っておくけど、雫は小ぶりだけど良い張りがあって……痛っ」

「獅子くん、わたしが喜ばないことをしちゃダメだよ」

太ももを強くつねられて獅子は項垂《うなだ》れる。僕の親友はもう完全に恋人に制御《せいぎょ》されてしまっていた。惚《ほ》れた弱みだねぇ。

「アリサと紬はもう来る？」

「うん、あ、来た」

「涼真っ！」

僕が振り返るより早く、周囲の客たちがわっと驚く。つややかな黒髪を流した美少女がゆったりと近づいてきたのだ。紬は白のビキニに身を包み、僕の方へ近づいて、あと少しのところで止まった。そしてくるりと回って見せた。

「新しい水着買ったんだよ。どーかなぁ」

本当、幼馴染みは可愛くなったと思う。そして何よりしっかりと成長した胸部にはどうしても目がいってしまう。

「あの子、綺麗だよなぁ。スタイルもいいしモデルか？」

「マジでレベル高けぇ。あれ、彼氏か？　いいなぁ」

そんな声もチラホラ。アリサがいなければ確実に学校一の美少女という称号《しょうごう》は紬の手にあったことだろう。僕はなるべく動じないように答えた。

「うん、凄く似合ってる。紬らしさが出てるね」

「ほんと！　やったぁ」

紬がぐっと距離を縮《ちぢ》めてきて僕の腕に絡《から》みついてくる。相変わらず距離が近い。その可愛さと発育の良い体で近寄られたら動揺してしまう。

「ち、近いから」

「幼馴染みだからいいじゃない。ねぇ、涼真ったら」

胸が当たってるんだよ。わかってやってるんじゃなかろうか。こないだの件があってから、ますますぐいぐい来てるような感じがする。

こうやって近くで見ると本当に可愛くなったなって思う。男の幼馴染みも女の幼馴染みも顔面極上ってどんな確率だよ。僕もイケメンに生まれたかった。

「ほわっ」

突然紬が離れていく。

「ちょっと紬、抜け駆け禁止」

その声は当然アリサのものだ。僕は逸《はや》る気持ちでアリサを見た。そして……。

「ラッシュガード着てる……」

「ふぇ？　まだ日焼け止め塗ってないから……。そんなに見たかったの？」

「……」

「もうちょっとだけ待ってね」

アリサは恥ずかしそうに顔を赤らめて言った。僕は何を言ってしまったんだ。がっついて恥ずかしい。今日はアリサの水着目当てで来たわけじゃないのに。

「むー！　露骨《ろこつ》すぎだよ！　でも期待する気持ちわかる！　アリサちゃんの水着が見たいの、よくわかるよ。すっごく似合ってて綺麗だったもの」

「そうなんだ」

「同性の特権だね。やっぱりお胸がどーんで白い肌がきらっ」

「紬！　余計なこと言わなくていいから」

アリサの怒りの声にごめーんと紬は謝った。さて全員揃《そろ》ったな。ひよりが僕の腕を引く。

「にーにー、お喉渇《かわ》いた」

「何か飲もうか。ちょっと向こうで買ってくるよ」

「小暮くん、良かったらわたしがひよりちゃんを連れていっていい？　わたしも一緒に買いたいし、獅子くん行こっ」

「わかりました。ではお願いしますね。じゃあひより、大月さんと一緒にね」

ひよりは大月さんと手を繋《つな》ぎ、獅子と一緒に飲み物を買いに向かう。

「ひよりちゃん良かったらわたしのことママって言っていいよ」

「ふえ？」

「おい、ひよりを使って疑似《ぎじ》家族ごっこするんじゃない」

まったく大月さんは……。獅子の言う通りならマジで未来見据《みす》えてるもんな。獅子を逃さないためにいろいろ仕込んでるんじゃないかって思う。さて残ったのは僕と紬とアリサの三人だ。

「じゃあ涼真」

紬が、敷かれたマットにうつ伏せに寝転ぶ。

「私たちに」

アリサもマットの上に座った。

「日焼け止めローションを塗ってね」

「ええ!?」

正直、今日一番驚いてしまった。そしてアリサは着ていたラッシュガードのファスナーをゆっくり下ろしていく。開いたそこから溢れんばかりの果実が表に出た。ビキニだろう。でも紬

が着ているビキニとは違う。その胸元がより強調されていて、下部が見えているのだ。こんなのスタイルの良い美女じゃなきゃ着れないだろってものをアリサは身につけていた。

白く綺麗な柔肌《やわはだ》と極上の顔立ちに、この美しいボディライン。周りの客たちもその姿に心を奪われているようで声も出せずに見惚れてしまっていた。

「どう？」

アリサは小さく呟《つぶや》いた。少し恥ずかしさがあるのか、恐る恐るという感じで。その綺麗さに見惚れていた僕の頭はすぐに回転するはずもなく。

「どうって……」

「紬には似合ってるとか、らしいとか言ってあげてたのに」

アリサは頬を膨《ふく》らませて怒る仕草をする。

「もう涼真！　アリサちゃんも新しい水着を用意したんだよ。誰のために、なんて野暮《やぼ》なこと言わないよね」

そういえばアリサも水着を新調したと言っていた。他ならぬ僕のために。うぅ、まだ関係を深めてない時はしっかりよく似合っていると言えたのに何でこんなに照れてしまっているんだ。

顔が熱くなって何も言えない。なんとも情けない限りだ。

「日焼け止めを塗ろう！　肌が赤くなったら大変だからね！」

そういう方向に逃げるしかなかったのだ。それが大きな過《あやま》ちだったとはこの時は知るはずもない。

「ねぇ涼真」

僕を挟《はさ》んで紬とアリサがマットにうつ伏せで寝転ぶ。

「わたしとアリサちゃん。どっちを先に選ぶの？」

「え」

「もちろん親友の私よね」

「そりゃ幼馴染みのわたしだよ」

なんだその究極の選択は！　どっちでもいいじゃんと思うがきっとそうではないのだろう。二人は和《なご》やかな顔で火花を散らしてるような感じがする。僕はどっちを選べばいいんだ。そもそも何で僕が塗るんだ。お互いがお互いを塗ればいいんじゃないのか。苦し紛《まぎ》れに日焼け止めを塗ろうなどと言ってしまったのがまずかった。

二人が白い背中を見せたまま一緒に振り返って僕をじっと見つめる。多分僕の選択を待っているに違いない。こうなったら両方とも同時に塗るか？　でもそれは何か怒られる気もする。

「アリサ！」

「うん！」

アリサは期待に満ちた嬉しそうな顔をする。

「後でもいいかな？」

「先にしろ！」

「はい、先にします」

そんなわけでアリサを先にすることにしました。紬が呆《あき》れた顔で僕を見ていた。やめろ、そんな顔で見るんじゃない。

そもそも僕が美少女を相手に選ぶ側なんて似合わないんだよ！

アリサはうつ伏せにまっすぐ寝転び、両腕を頭上に伸ばして、肩あたりを塗りやすいように動かした。何という綺麗な体だ。しみやほくろなど余計なものが何一つない白く美しい肌。傷なんてつけたら怒られそうだ。そして何よりマットに押しつぶされて少し横にはみ出た胸が後ろからでもしっかり見えている。本当にすごいな。

「じゃあやるよアリサ。嫌だったらすぐに言ってね」

「うん。ひゃうっ、冷たい」

股間《こかん》に響く声を上げてくる。冷たいローションをアリサの背中に垂《た》らしてみたのだ。そして覚悟を決めて手のひらをアリサの背中に当てる。あ、柔らかくてスベスベしてる。両手にローションを塗りこんでアリサの腰から背中まわりをゆっくりと撫《な》であげていく。

「どう？　上手くやれてるかな」

「あのね……そのふふっ、ちょっと」

「ん？　どうしたの」

「そ、想像以上にくすぐったいの！　ふふっ」

そういえばアリサはかなりの敏感肌だっけ。前、大月さんにくすぐられて笑い転げてたことを思い出す。あの時の悶《もだ》えっぷりはとても素晴らしかった。ちょっとイタズラ心が芽生《めば》えて、塗りこんでいる背中から両手を移動させて、くびれた脇腹《わきばら》をくにっと揉《も》んでみる。

「きゃははは!?」

アリサの体がびくんと動いた。

「ちょっと涼真っ！　今、脇腹触ったでしょ」

「サワッテナイヨ」

「うぅ……脇腹を揉まれるのは駄目なの」

「つっつくのは？」

「あっ、ちょっ、きゃはん！　だめぇっ！」

つっつくたびにびくんと震えるのが楽しくてたまらない。アリサが振り返り、真っ赤な顔をして歯を食いしばっていた。やばい怒らせたかも。

「もう！　ちゃんとやって」

「ごめん、ごめん」

これ以上は本気で怒られそうだ。僕はアリサの足に手を触れる。細くて長くて綺麗な足だ。

足フェチとしては極上のものと言えるだろう。足全体にローションを塗って、プリプリのお尻《しり》に目を向けつつも再び上半身に触れる。

「ひゃう……首もだめぇ」

「ちょっと我慢《がまん》して」

肩から首にかけてローションを伸ばして塗りたくる。首のあたりも敏感のようで触るたびに股間がつらくなる声を上げる。

手の甲から首の方まで流れるように手を動かして、アリサの背面全《すべ》てに日焼け止めローションを塗りたくった。背中にかかる長い金色の髪は本当にスベスベでずっと触っていたくなる魅力がある。今度の家事代行の時にまた膝《ひざ》の上に寝かせてその髪を満喫《まんきつ》しよう。さて……全部終わったわけだが。

「……」

このまま終わるのも何か物足りない。もう一回あのアリサらしくない悲鳴を聞いてみたいな。

「ふう……」

だらけきったアリサは完全に油断していた。両腕を組む形で伸ばしていたのでガラ空きの腋の下に指を突っ込んでみる。そのまま指を動かしてみた。その時だった。

「ひゃあああああああん!?」

アリサの体が今までになく震え、そのまま慌てて立ち上がって両腋を腕で閉めてしまった。

そのまま振り返って涙目で僕を見る。

「腋は一番駄目なの！　もう涼真のバカ、えっち！」

「なんかちょっと魔が差して」

「へぇ～、アリサちゃんのあんな慌てる顔初めて見たかも。可愛い弱点だね」

「ほんと昔からこれだけは駄目で苦手なの！　ううぅぅ！」

悔しそうに僕を睨んでくるアリサ。さすがにやりすぎだったかもしれない。またアリサの苦手なものが一つ増えたような気がする。でも仕方ないじゃないか、あんな無防備な姿を晒《さら》されてはちょっとつついてやりたくなるもの。アリサは照れた様子で僕に近づく。悔しそうな表情もまた可愛らしい。

「こちょこちょは禁止！」

「もうしないから、ごめん」

アリサはそっと僕の側に寄った。

「外では変な声出て恥ずかしいから嫌。でも家《うち》なら……」

「へ？」

「涼真ならちょっとくらいならいいよ。涼真に触れられるのは嫌じゃないから」

脳髄《のうずい》に雷《かみなり》が落ちたかのような衝撃的な言葉に僕の思考は揺さぶられる。これはつまり、家事代行時、アリサの体にお触りオーケーであるということに他ならない。家事代行の仕事とは

全然違うような気がするけど。

「涼真のえっち。いやらしいこと考えてるでしょ」

「考えてませんけど！」

「ふーん」

その角度での上目遣《うわめづか》いはやばい。顔と体、全部が魅力的でまた顔が熱くなりそうだ。

「涼真。早く日焼け止め塗ってー。焼けちゃう」

紬からの呼び出しだ。ちょうど良いと思い、僕は紬のところへ向かった。

「ごめん、待たせちゃったね」

「わたしはチアの練習あるからどうせ焼けちゃうけどね」

アリサや大月さんと違って紬は初めからずっと水着のままだった。ある程度焼けることを想定していたのかも。さて、とローションを手に取る。

「わたしもそのくすぐったいのは苦手で……。特に足の裏とかは我慢できる気がしないんだよね」

「ふーん」

「だから絶対しちゃ駄目だからね。アリサちゃんと同じで禁止だから」

「ああ、紬にはすることはないよ」

「なんで!?　してくれなきゃドキドキする意味ないじゃない！」

どいつもこいつも誘い受けかよ！　予想もしない紬からの抗議で何か止めたくなってきた。

「思いっきり蹴られそうだからしません」

チアで鍛《きた》えられた足技で蹴られでもしたら僕は死ぬ。それはともかく、紬の背中に日焼け止めローションを塗り始めた。

「つめたっ！　でも……気持ちいいかも」

二度目だからちょっと慣れてきた。紬は背中の筋肉に張りがあるな。最近はずっとチアの練習ばかりしてるから疲れが溜《た》まってるのかも。マッサージも兼《か》ねて筋肉をほぐしてあげようと上半身をしっかりとほぐして次は下半身だ。うむ。

「紬って太もも……あるよね」

「ちょっと！　結構気にしてるんだから！」

紬は振り返り恥ずかしそうに叫んだ。紬は動じない方だが太ももネタの時だけは過敏に反応する。アリサよりもかなり太い。だが太ももフェチとしてはこの太さは嬉しい。

チアの練習で鍛え上げ、トップとして宙を舞う紬の姿は美しい。その太ももにしっかりと日焼け止めローションを塗り込んでいく。

「うぅ……なんか恥ずかしくなってきた」

コンプレックスを刺激されるのか、紬は僕が太ももに触る手の圧《あつ》を強くするたびに体を動かそうとする。その度に揺れる、身がしっかりついたお尻……お尻。なぜか僕の手がそこに出ていた。

「ひゃあっ！　ちょっと涼真、どこ触ってるの!?」

「え？　ああ、お尻も日焼けするのかなって」

「するわけないじゃん！　ちょ、やん。揉まないで」

「お、幼馴染みならいいと思って」

揉んでいるうちにこれやばくねって思ったが、幼馴染みだからってことで押し通すことにした。紬がいつも使ってくる手を今度は僕が使っただけだ。

「これ駄目だと思う！」

「いいと思うよ」

「アリサちゃんも駄目だと思うよね!?」

やばい、アリサの回答によってはまずいことに。

「私、触られてないんだけど！　どうして紬だけ！」

「じゃあ触っていいの？」

「……」

アリサは少し考えた後、大きな声で叫んだ。

「駄目に決まってるでしょ！」

「なら、なんで言ったの!?」

だがおかげでお尻揉み揉みの件は有耶無耶《うやむや》にすることができた。危なかった……。アリサと紬、二人に日焼け止めを塗ってドキドキしたけど、どっと疲れる時間がようやく終わる。

はぁ……。もう泳ぐ前から限界だよ。

「ちょっとトイレに行くわ。前の方も日焼け止め塗っておきたいし」

「あ、わたしも！」

個人的には前の方も塗らせてほしかったと言ったら多分、侮蔑《ぶべつ》の言葉を吐きかけられるだろう。

アリサと紬は人ごみの中へ消えていった。さて一人、みんなを待つことにしようか。

「あれ、小暮くん一人？」

「大月さん」

ラッシュガードを着た大月さんが戻ってきた。確かひよりと獅子と家族ごっこしてたはずだが。

「ひよりちゃんは獅子くんが見てるよ」

「ならどうして先にここへ」

「わたし、日焼けに弱くてすぐ赤くなっちゃうの。だからアリサに塗ってもらおうと思ったんだけど」

だから先に戻ってきたのか。だけどアリサはしばらく戻ってこない。大月さんにはそのことを伝えた。

「紬さんもいないんだ。どうしよ……。早く塗らないと」

「獅子を呼び出しましょう」

僕はスマホを使って獅子に連絡をする。迷子防止のために全員移動時にちゃんとスマホを持つよう言ってある。ちなみにひよりも迷子にならないように位置追跡タグをつけている。お、獅子と繋がった。

「獅子、大月さんに日焼け止めを塗ってあげてほしい。女性陣が今いないんだ」

『悪《わ》りぃ、ひよりが向こうのイベントを見たいって言っててな』

「じゃあ代わるよ。一度戻って」

『だから俺の代わりに雫に日焼け止めローションを塗ってやってくれ』

「は？」

何言ってんだコイツ。恋人の体を僕に触らせようというのか。

「駄目だろ！　それはちょっと」

『ひより一人で行くな！　じゃ、頼むな！』

そのまま通話を切られてしまう。何ということだ。

「獅子くん何て言ってた？」

「……。ひよりの相手をするから代わりに僕が日焼け止め塗ってやれってさ」

「後でお説教だね」

「ま、女性陣ももうすぐ帰ってくると思うので」

ところが大月さんはラッシュガードを脱いで、水着姿を晒した。思わぬ人の思わぬ行動に慌ててしまう。

「これ以上は無理。小暮くんでいいから塗って！」

「まじかよ」

そんなわけで親友の恋人に日焼け止めローションを塗ることになってしまった。大月さんはセパレートタイプの水着を着用していた。さすがにアリサや紬と比べるとセクシーさという面では劣っているかもしれないが、キュートな水着で可愛らしさが溢れていた。獅子の好みから言えば多分こちらの方が良いのだろう。僕としては……。

「アリサや紬さんと比べてるんでしょ。ふんだ」

「何も言ってませんけど」

大月さんはマットの上に寝転ぶ。確かに日焼けで肌が少しだけ赤くなっていた。急ぐ気持ちもわからないではない。そうは言っても天敵の男に肌を触らせるかぁ。

「変なとこを触ったら言いふらすからね。アリサに獅子くんに紬さんにひよりちゃん」

「オーバーキルすぎる」

まぁいい。大月さん相手なら邪《よこしま》な感情も湧《わ》かないだろう。胸も太ももも足りていない。こんなこと口に出したらぶん殴られるだろうけど。僕は日焼け止めローションを手に取った。

「手早くやりますね」

「うん、お願い」

さて、日焼け止め塗るのも三人目。慣れてきたと言ってもいい。大月さんも昨日遅くまで弁当を作ってたみたいだし、そこに関しては感謝している。僕の手技で気持ちよくさせてあげよう。大月さんの背中に指を押しつける。

「はぅっ！」

「だいぶ背中が張ってますね。ちゃんとマッサージしたほうがいいですよ」

「アリサや獅子くんにはしてあげるけど……自分には余り」

そうか。僕も部活で疲れた獅子に整体マッサージをよくしてあげるけど、自分が受けたことはなかった。やるばっかでやられることはない。そういうことだろう。なら今回は僕が労《いたわ》ってあげよう。サービスだ。

「よし、僕が本気で気持ちよくさせてあげましょう」

「ちょっと待って！　普通でいい。あぁあんっ！」

大月さんの口から出たとは思えない甲高《かんだか》い声が響いた。大月さんもびっくりしたのか口を手で押さえていた。そのまま、大月さんの腰を指圧していく。

「ちょ、小暮くん。やぁん……、ううん、あぁん」

「変な声出すのやめてくれませんか」

「ち、ちがっ！　んっ！」

「ふふふ、気持ちいいでしょう。マッサージには自信あるんですよ」

「気持ちよくないし！　小暮くんのなんて大したことないもん。絶対耐えられるから」

「なんだと。なら準備運動は終わりです。本気でやらせてもらいましょうか」

「これが準備運動!?　た、耐えてみせるもん」

　大月さんの疲れた足にじっくりと力を入れて、ツボを刺激する。

「うぅ――っ！　やぁっ――！」

　我慢しようとしても声が出るのを止められないか。参りましたと言わせてやる。今日一日この僕を侮《あなど》りまくっていたことを後悔させてやるわ。

「やめ、だめっ！　わたしには獅子くんがいるのにぃぃ……、我慢しなきゃ……」

「なんかNTRを連想しそうな言葉使うの止めてくれませんか。そんな気一切ないので」

　全身に日焼け止めローションを塗った。あとは肩口をほぐせばフィニッシュだ。

「はぁ……はぁ……」

　大月さんの表情は紅潮《こうちょう》し、息も荒くなってきた。体温が上がっている証拠だ。一気にトドメを刺してやる。僕は大月さんの肩のコリを思いっきり突く。

「ああっ！　ダメェ……いやぁ！　無理ぃぃ。参ったぁ……」

「ふははは！　ついに敗北を認めましたね。僕の勝ちです」

「うぅ……獅子くん、わたし屈しちゃったよ」

「まったく無駄な抵抗しやがって。これからいっぱい気持ちよくさせてやるからな」

「わたし、汚されちゃう」

「いやいや汚すって何を」

「ねぇ、涼真。何をやってるのかしら」

どきんと胸が高鳴った。嫌な予感がして振り返るとアリサと紬がいて、二人とも瞳《ひとみ》の光が消えていた。

「雫ちゃんに乱暴しているように見えるけど、どういうことなのかなぁ」

「乱暴!?　違うって」

「私や紬には大したことしないくせに彼氏持ちの雫に手を出すんだ。随分お楽しみだったようじゃない。次は何をするつもり？」

「普通のマッサージだよ！　確かに僕も気持ちが高揚してたけど、これは大月さんが僕に挑戦状を叩《たた》きつけ…」

アリサと紬が大月さんを見る。

「小暮くんにめちゃくちゃされた」

「コイツっ！」

「雫に手を出すものは何人《なんぴと》たりとも許さないわ」

大月さんラブのアリサはだめだ。説得するなら紬か。僕は懇願《こんがん》するように紬を見る。でも紬は僕を敵視していた。

「雫ちゃんはね。女子に嫌われまくるわたしに大切な友達と言って微笑《ほほえ》みかけてくれたの。雫ちゃんはそんな世界一優しい子なんだよ。雫ちゃんは女神。ひよりちゃんは天使。これ世界の理《ことわり》」

くっそ、すでに紬は懐柔《かいじゅう》済みだったか！　二人はローションまみれの手で僕に迫ってくる。

「涼真、お仕置《しお》きの時間だわ」

「わたしたちにやったみたいローションまみれにしてあげる」

「ちょっと待つんだアリサ、紬！　う、うわぁぁあああああぁ！」

お仕置きという話だったが美少女たちに全身弄《いじ》られて、正直興奮《こうふん》したのは言うまでもないことである。

日焼け止め騒動が終わって、みんなでプールレジャーを満喫。正直かなり楽しかった。ちなみに大月さんは獅子にも僕にされたことを訴えたが、獅子は怒るどころか喜んでいた。

大月さんの良さを僕も理解したと思って嬉しかったらしい。やっぱり獅子だけが僕を信じてくれるんだね。女性陣から当然、呆れられた。そしてお昼。

「獅子くん、あーん」

「はむっ。ん～！　最高だ」

バカップルが食べさせ合っている中、僕はまた修羅場を迎えていた。

「涼真、はい、あ～ん」

「涼真、親友のアリサちゃんと幼馴染みのわたし。どっちを選ぶの？　あーん」

「困るからその二択止めて」

さっきはアリサからだったので今回は紬のあーんを受けることにする。美味しい料理なのに食べた気がしない。今回のお弁当は以前、遊園地に遊びに行った時のように、大きな重箱にたくさんの料理が詰められていた。紬も手伝ったらしく、そのクオリティはかなり高い。

「ひよりちゃん。いっぱい食べてね」

「ん！」

「はい、ひよりちゃんあーんして。お兄ちゃんとわたしの料理どっちが美味しい」

大月さんがいきなり仕掛けてくる。

「にーにーのほうが美味しい」

「……くっ」

大月さんが悔しそうな顔をしたので満足だ。

「にーにーから雫がそういうこと言うかもしれないから、たとえ雫の方が美味しくてもにーにーの方が美味しいって言えって言われた」

「ちょっと小暮くん、五歳の女の子に何を教えてるの！」

「想像通りのことかましてくる大月さんにだけは言われたくない」

「お料理は正直、にーにーも雫も同じくらい」

僕と大月さんの間で火花散る争いがある中、アリサはため息をついた。

「もう。雫も涼真も仲良くして。初めて会った時は仲良さそうだったのにどうして今はこんなに仲悪いの」

「小暮くんがこんなに性格悪いと思ってなかったから」

「僕も同感！」

「雫も涼真も俺にとって大事な存在なんだ。仲良くしてくれよぉ」

獅子の言葉に少し気まずくなる。大月さんとは何だろう同族嫌悪というか、なんか波長が合わない。悪い子ではないと思うんだけど。そんな中、紬が声を上げた。

「雫ちゃんと涼真もそうだけど。アリサちゃんと獅子も仲悪いよね」

アリサは紬の方を向いた。

「ええ、だって私この男、嫌いだもん」

「ああ。俺は紬のことは気に食わねーけど幼馴染みとして信頼はしている。だが朝比奈は駄目だ。こいつと仲良くなるイメージが湧かねぇ」

僕と大月さんの仲を取り持つ二人の仲がそもそも絶望的な件。話題にした紬が、ばつが悪そうにしているじゃないか。アリサと獅子って本気で仲悪いよな。お互い常《つね》にマウント取り合ってて、ここまで拗《こじ》れるのもなかなかない。二人とも似たもの同士なんだけどなぁ。

「むー！　みんな仲良くしなきゃだめっ」

一人天使なひよりだけが誰からも好かれているように感じた。


「もう食えねぇ……」

「お腹《なか》が限界」

大食感の獅子とアリサがギブアップ宣言。大月さんいつも溢れるくらい作るんだよなぁ。まさにお祖母《ばあ》ちゃん。なんて言ったら間違いなくぶん殴られる。

「そういや雫。金曜の帰り、先生に呼び出されたけど何かあったのか？　聞くのすっかり忘れてた」

「大したことじゃないよ」

大月さんはコップにお茶を入れて手渡し、獅子はそれを飲み干した。まるで夫婦のような仲《なか》睦《むつ》まじさ。まだ付き合ってそんな経ってないだろ。

「夏休み明けの文化祭、他校と一緒にやるって話はみんな知ってるよね。その実行委員会のメンバーに選ばれたの」

そういえばうちの学校はそんな感じだったな。僕は文化祭系のことを積極的にやるキャラじゃないのであまり気にしてなかった。

「どこの学校とやるのかな」

紬の質問に大月さんは考え込む。

「名前忘れちゃった。あ、でもその学校の生徒会長の名前は知ってるよ。すっごく綺麗な人だったから覚えてる。此花《このはな》さんだったかな。……獅子くんも小暮くんもどうしたの？」

「……何でもねぇ。聞き覚えのある名前だったから反応しただけだ。なぁ涼真」

確かにその名前には聞き覚えがある。僕の中学時代の生徒会長と同じ名前だ。生徒会長なら十中八九……あの人だろう。僕に大きく変革をもたらせた因縁《いんねん》の相手である。それから僕は女性に対して距離を取るようになった……。まぁ、実行委員じゃないなら今更《いまさら》関わることもない。僕は罰を受けているのだから。

「人手不足って言ってたから、もしわたしと一緒に実行委員になってもいいって人がいたら言ってね。獅子くんとアリサ以外」

「なんで！　雫の力になりたいのに！」

「別の問題が出るから。紬さんでもちょっとまずいかも」

他校にアリサの容姿が知られたら間違いなく話題になるだろうな。獅子は単純に大月さんが外に見せたくない。そんなところだろう。しかし此花さんか……。もう二度と会うことはないと思うけど。おっと……水着が少し汚れているな。拭《ふ》かないと。

「紬、ウエットティッシュ渡して」

「いいよ～はい」

紬が側にあったウエットティッシュのボトルをぽいっと投げてくる。宙に浮いたそれを受け取ろうしたが……視界がブレた。

「っ」

僕は抱え込むようにしてそのボトルを受け取る。

「そんな大げさに取らなくても」

「小暮くん……もしかして」

大月さんは何か気づいたように呟いた。

「あまり見えてない？」

「雫。それは……」

さすが大月さん、気づくか。止めようとした獅子を僕は手で制した。このメンバーなら言ってもいいだろう。

「見えてないわけじゃない。見えづらいだけだよ」

僕は左目を押さえる。

「中学の頃、事故に遭《あ》っちゃってね。それからこっちの目が弱視になってるんだ」

弱視。いわゆる低視力だが、僕の場合矯正《きょうせい》しても一定レベルまで視力が上がらないことを指している。右目は大丈夫なんだけど左目は少し見えづらい状態だ。

「まだ経過観察中だけど将来、車を運転できるかどうか、際どいくらいなんだ」

「……そうだったんだ。もしかして涼真がバスケの練習の時にシュートを打たないのって」

「バスケでも遠近感が摑みにくい時があって……だからシュートが苦手なんだよ」

アリサの問いに素直に答える。パスも似たようなところがあったけど、そこは大量の練習でカバーした。こういう身体的なハンデで体力消費も大きく、僕は四十分フルで試合に出ることはおそらくできない。ま、能力的にスタメンになれないから関係ないけどね！

「ごめん……そんなことがあったなんて」

大月さんが気落ちしたように謝った。気にさせてしまったようだ。

「いつかは知ることだと思うし、日常生活には支障ないから大丈夫ですよ」

「紬、顔が真っ青だけどどうしたの？」

アリサは紬の顔が真っ青になってるのに気づく。

「だから涼真の部屋にあんなにいっぱいあったはずのアレがなかったんだ。そんなことって……。涼真の夢……」

「紬、いいんだ。もう終わったことだから」

幼馴染みしか知らない中学まで抱いていた僕の夢。もう諦《あきら》めはついたからそれはいい。アリサと大月さんは困惑《こんわく》していたがこれ以上話す必要はない。やがて話題は変わり、紬も大月さんも気持ちが落ち着いたようだった。

食後は再びレジャーの時間となった。獅子、大月さんはひよりを連れて子供用のウォータースライダーへ向かう。年齢及び身長制限的にこのウォーターパークの最大の目玉のウォータースライダーには連れていけないからなぁ。僕も絶叫系は嫌いではないほう、せっかくだし一回くらいはやってみたいな。

「紬、一番上のウォータースライダー行かない？」

「行く！」

紬は昔から絶叫系が大好きだった。チアであれだけ宙を舞うんだから当たり前とも言える。昔、高所が苦手な獅子にマウント取るために僕もよく連れ回されたっけ。高いところなら独《ひと》り占《じ》めできるってね。紬と一緒に行こうとしたその時だった。

「わ、私も行く！」

大きな声を上げたのはアリサだった。

ご飯食べすぎたから少し休んでるって言ってたアリサが慌てた感じで申し出てくる。僕はアリサの側に寄る。

「あそこめちゃくちゃ高いよ。アリサには無理じゃない？」

高所恐怖症のアリサには無理だろう。この前一緒に遊園地へ行ったからアリサの高所への苦手さはよく知っている。

「でも！」

アリサは強く言葉を繋げた。

「あのウォータースライダーって二人でボートに乗って滑るんでしょ！」

「そうだね」

「二人でワイワイ騒ぎながらプールに流れていくのよね！」

「うん」

「そしたら出口から出た衝撃で吹っ飛ぶって言うじゃない」

「水の中だから大丈夫だよ」

「そこで涼真は紬をお姫様だっこして助けるんでしょ！　わかってるんだから」

「そんな都合良くはいかないかと……」

「そして二人は夕日に向かってお家《うち》へ帰るの」

「お姫様だっこしながら、水着で帰るの!?」

「……ハッピーエンドよ」

「そうは思えないかなぁ」

たまにアリサの妄想《もうそう》力すごいなと思う時がある。

「だから私も行くのーっ！」

「アリサちゃんも行こっ！　みんなで流れたら楽しいよ」

アリサの高所恐怖症を知らない紬がアリサを引っ張ってスライダーの入口まで連れていってしまった。

大丈夫かなぁ。行列の最後尾に並んで、その時を待つ。最初は仲良そうに話をしていたアリサと紬だったが……入口に近づくにつれて。

「アリサちゃん顔色悪いけど……大丈夫？」

「大丈夫。足がつく所は安全だから」

「スライダーは足つかないと思うよ」

その言葉にアリサの顔は真っ青になる。紬は僕の方を向いた。

「アリサちゃん大丈夫なの？　獅子並みに高所恐怖症じゃない」

「無理だと言ってるのにここまで来ちゃうところとかそっくりなんだよね」

随分と嬉しそうに言う。

そう言えば昔、煽られて高い所に来て泣きそうになっている獅子の顔を見るのが好きって紬が言ってたっけ。

幼馴染みの黒さを思い出す。

「うわぁ……すっごい美人」

「でも全身震えてね？」

間もなく僕たちの番というところでアリサの震えは尋常《じんじょう》じゃないほどになった。待避所があるからそこに行ってアリサが落ち着くまで待とうか。僕はアリサの腕を摑んだ。

「涼真」

アリサの震えが少し収まった。

「大丈夫だよ、僕が側にいるから。アリサが落ち着くまでゆっくりと」

「落ち着いたかも」

「早いな！」

アリサがそっと近づく。

「涼真が側にいてくれたら安心できる」

「っ」

ドキリとすることを言う。水着のアリサが近寄るだけで緊張するというのに……。でも離れるわけにはいかない。

「ふぅ」

紬が息は吐いた。

「じゃ、わたしはこっちの一人用のデンジャラスコースの方が楽しそうだから先に行ってるね。涼真はアリサちゃんの側にいてあげて」

「紬?」

「じゃーね〜」

紬はそのまま一人用のコースに行ってしまった。さっきまで僕の側にひっついていたのになぜだろうか。まぁいい。

「アリサ。もうすぐ順番が来るけどどうする? このまま待避してもいいよ」

「正直怖いよ。昔、静流に高い所に連れていかれて放置されたことがあって……。それから高い所がダメなの」

「静流さん、ひどいことするなぁ」

「うん、ひどかったよ。降りてから顔面を三回殴ったけど」

「ちゃんと報《むく》いは受けたんだね」

アリサの容赦《ようしゃ》なさを考えると本気で殴ったに違いない。でも恐怖症になるくらいだし、当然かな。アリサは待避を選択せず、僕と手を繋ぎながら順番待ちの列を進んでいく。

「最後まで涼真が手を繋いでくれたら、私この恐怖を乗り越えられる気がする」

「わかったよ。手を放さないようにね」

「うん!」

アリサがまるでカップルのようにぴったりとくっついてきた。素肌《すはだ》同士なので当然体温は伝わっていく。動じるな。僕が震えればアリサにも伝わってしまう。

「次の方どうぞ」

係員に言われて、僕とアリサは二人用ボートに乗る。僕が前でアリサが後ろだ。

「前の方にしっかり摑まってください」

「はい！」

アリサがぎゅっと抱きしめてくるので背中に胸の感触が凄く伝わる。

「ちょっとそんなに強く抱きしめてこなくても……」

「涼真の背中すごく落ち着く……。永久にしがみついていられるかも」

「永久は嫌だけどね。おわっ！」

係員に押し出されてボートはパイプの中の激流を進んでいく。思ったより速いし、長い！

ボートの取っ手にしがみついた。

「ぐぬぬぬぬっ、思ったよりきついいい。アリサ、手を放さないようにね！」

轟音《ごうおん》が鳴り響いているから聞こえているかはわからない。長いパイプを経て、出口のプールに投げ出された。

これは多分偶然だったんだろう。プールに投げ出された僕の目の前に一緒に吹き飛んだアリサの姿があったんだ。プールの中だから放っておいても大丈夫だったんだけど、自然と僕の両手はアリサを受け止める方へ伸ばされていた。

「よっと」

そして最後にはアリアをお姫様だっこしている格好になってしまった。

「アリサ大丈夫?」

「う、うーん、あれ涼真……助けてくれたの?」

「側にいると言ったからね」

衝撃でアリサの意識はぼーっとしていたようだ。このまま下ろしたいところだけど水の中に下ろすのも芸がない。このまま陸地へ上がるか。それより……。

「僕の顔をじっと見てるけど……何かついてる?」

「こうやって抱っこしてくれたの二回目よね」

「ああ、前は遊園地のキュアキュアショーの時だったっけ」

あの時はまだお互いのことを知り合いレベルとしか思っていなかった。けど、あれから時が過ぎて友人を超えて、親友となり、そして今は……。家族を除いて誰よりもアリサを抱っこできる関係性になってるんじゃないだろうか。水に濡《ぬ》れたアリサの姿が本当に可愛らしい。アリサは突然、僕の背中に腕を回した。

「アリサ!」

「前、言ってたでしょ。こうした方が持ちやすいって」

そうは言っても……。完全に抱き合ってる感じになってしまった。周りの客の視線を浴びてしまう。頬と頬、胸と胸がくっつき合い、大層ドキドキする。恥ずかしくてたまらないので早足でプールから出た。

「じゃあ下ろすよ」

「ちょっと待って！」

アリサから制止の声。アリサは抱かれたまま少し僕から顔を離す。そして僕の肩に両手を置いた。

「今ならできる気がするの」

「何を？」

「いつもありがと。涼真が側にいてくれたから全然怖くなかった」

「どういたしまし……」

僕が言い切る前にアリサはそっと顔を寄せ、僕の頬にちゅっと口付けをする。その柔らかい唇《くちびる》の感触に気づいて、大層慌ててしまった。

「ちょ、ちょ、ちょまっ！」

「うぅ、やっぱり恥ずかしい。なんでみんな人前でできるのよ！」

アリサは恥ずかしそうに顔を手で隠してしまった。頬へのキス。そういえばこの前、紬がしてきた時に今は無理って言ってたっけ。

それにしたって今、ここでするなんて……勢い余ってなのだろうか。

僕も大慌てになりそうだったがアリサを抱えている手前、何とか抑えた。顔を真っ赤にして

るアリサを見て……衝動的だったんだろうなと気づいて冷静になってくる。こんなに可愛くて誰からも注目を浴びるような子でもこんなに慌てるんだ。アリサだって普通の女の子なんだと改めて思った……。

僕はアリサをゆっくりとパラソルのある所へ下ろした。下ろす時、アリサの顔が至近《しきん》距離にくる。ここで頬にキスすればどんな顔をするだろうか。やってみたい気持ちになってくる。やるか、やるか。うん、やめよう。そして、マットにぺたりと座った。アリサは呟く。

「ねぇ」

「なに」

「涼真からはしてくれないの？」

「……」

「今、躊躇《ちゅうちょ》してなかった？　私、してくれるのかなって思ったんだけど」

「……」

「むーっ」

「……もうちょっとだけ時間をください」

「いいよ」

アリサはニコニコして答えてくれた。

「真っ赤な顔してる涼真を見れて満足したから」

最近アリサは好意を隠さなくなった気がする。僕がめちゃくちゃ意識してるってわかってるんだろうな……。でも口にはしない。多分一線を引いている。それを乗り越えるかどうかは……きっと僕次第《しだい》。

「涼真なら何されても許しちゃうかも」

「じゃあ……アリサを押し倒したらどうする」

やりもしないことを言い、アリサは口に手を当てて考える。

「びっくりして一発ぐらいぶん殴るかも」

「殴られる覚悟も必要なんだね」

覚えておこう。

それからすぐに他のメンバーが戻ってきた。紬もひよりたちと合流してたみたいで僕とアリサの様子を見て嬉しそうに微笑んでいた。その後は六人で暗くなりかけるまでプールを満喫した。

流れるプールで何周もしたり、アリサと紬が歩くたびにナンパされるから獅子を真ん中に置くと拍手喝采《はくしゅかっさい》みたいになってそれはそれで面白かったと思う。そしていよいよ楽しい時間は終わりを迎える。

「じゃあな」

「ひよりちゃんまたね！」

これからは夜の時間。獅子と大月さんはナイトプールとしゃれ込むため残るようだ。

知らなかったアリサは憤慨《ふんがい》して獅子を罵倒《ばとう》したが、大月さんのメス顔に撃沈《げきちん》し断念。ナイトプールか。噂《うわさ》では聞いてたけど……こういうのを恋人と一緒に過ごすと楽しいんだろうな。例《たと》えばアリサと……。妄想禁止！

僕は一人で更衣室へ行く。手早く着替えを済ませて、外へ出て。女性陣を待った。

「お待たせ」

アリサが出てきた。今日は派手《はで》な水着だったからすっかり忘れていたけど、元々は清楚な格好で来ていたんだ。深窓の令嬢のように美しく、誰にも汚せないのだろうなと思うほどで思わずある言葉が口から出ていた。

「可愛いな……」

「ふぇっ！　いきなり!?」

そのアリサの澄《す》んだ顔立ちが赤面に染まる。確かにいきなりだったかもしれない。

「ごめん。でもアリサは可愛いって言われ慣れてるでしょ。クラスのみんなもよく言ってるよ」

「綺麗とか美人とかはよく言われるけど……可愛いって言われることは少ないの」

普段のアリサは凜々しくツンが目立つ印象。可愛い姿を見せてるのは大月さんと僕だけだった。

「涼真から可愛いと言われるとすごく照れる……」

僕だから照れてしまう。その意味を考えれば必然的にわかってくる。

「やっぱり清楚な格好の方が好きなの？」

「ギャップだと思う。いつもはちょっと派手な格好の方が多いでしょ。見慣れないから良いと感じるんだけだよ」

「ふーん」

「いつものアリサの服装も凄く似合ってるよ」

「うん。ならいいかな」

回答としては良かったのだろうか。気の利《き》いたセリフって浮かばないもんだ。今度、恋人持ちの獅子に聞いてみようかな。無言の時が続き、僕は耐えられなくなる。

「紬とひよりはまだかな！　お腹空《す》いてきたなぁ」

「あ、二人はね！」


「けっ、なんで俺がフラれんだよ……マジでやってらんねぇ。くそっ」

「メシでも食って忘れようぜ」

アリサの声をかき消す同い年くらいの男の声がして、通りに立っていた僕と肩がぶつかった。

「いてっ！」

「ああ、すいません」

反射的に謝った。苛立《いらだ》ったままの男の顔を見て既視感《きしかん》があった。

「ちっ！　……おまえ、小暮じゃねぇか」

「……弓長《ゆみなが》」

名前を言われて思い出す。中学の時に同じクラスだった男子生徒だ。

その元同級生、弓長には正直、良い思い出はない。顔は良いが女癖が悪く、気の弱い生徒をいじめるような性格の人間だ。弓長は見知らぬ男子と一緒だった。彼の高校の友人だろう。彼はアリサに視線を向け、ぎょっとする。

「は⁉　めっちゃくくちゃ美人じゃねぇか。まさか彼女かよ」

「……大事な友人だよ」

「マジか。なら紹介しろよ！　なぁ良かったら俺とさぁ」

「はぁ？」

獅子に対抗する時よりも低く、アリサの声が響く。

「気安く声をかけないで。誰よあなた。身の程知らずね」

痛烈な言葉に弓長は後ずさる。今は清楚可憐な姿のアリサがまさかここまで気が強いとは思わなかったのかも。

「涼真行きましょ。紬とひよりちゃんは別行動で帰るから」

アリサは僕の手を掴んで引っ張る。

「おい！」

弓長は強い口調で、また声をかけてきた。アリサに怒ったのか。それとも手を繋ぎ合うアリサと僕の関係に苛立ったのか。

「小暮ぇ。良い身分だよなぁ。中学の時、学校一の美少女をぶっ壊しておいて……また似た女と仲良くするのかよ！」

嫌なことを言ってくる。中学時代の同級生なら誰もが知っているあの事件。この一年半、ずっとその傷が癒《い》えなかった。

「涼真……真っ青よ、大丈夫？」

アリサの心配する声に答えられなかった。そう……アリサには知られたくない僕の過去、そして罪。弓長は嬉しそうに大声で叫んだ。

「そいつはな！　好きな女子にストーカー行為をして、記憶喪失《そうしつ》になるくらいの大怪我《けが》を負わせたんだよ！　同じ中学の奴《やつ》みんな知ってるぜ。そいつは超ド級のクズだってな！」

「それって」

アリサの戸惑いに僕はこう言うしかなかった。

「彼の言ってることは事実だよ」

そう……事実なんだ。

※アリサは誰よりも信じている

Tetsubito Jusu
Presents
Illustration by
Tantan

少しだけ時は遡る。充分に遊び終え、帰宅組の私たちは更衣所で帰り支度をしていた。
だけど私はずっと悩んでいることがあった。涼真に思いっきりチューしちゃったんだよね！　正直我慢できなかった。好きな人にお姫様だっこされてときめかない人なんていないと思う。

涼真が過去のことで思い悩んでるのは知ってるのに、めちゃくちゃ好意を伝えまくって悩ませているような気がする。

「アリサちゃん」

でも好きなんだから仕方ないじゃない！　水着姿の涼真って結構体もがっしりしていて、ウォータースライダーの時なんかずっと背中に頬ずりしてた気がする。

平沢獅子なんかよりよっぽどイケメンだと思うし、照れる姿なんてきゃわいくてもっと好きになりそう。

さすがの私もこの水着着るのはちょっと恥ずかしかったけど、涼真も喜んでくれたみたいだし良かった。やっぱりこの体で押した方がいいのかな。でも、はしたない女って思われたくない。

「アリサちゃ〜ん」

　こうなったら次の家事代行の日にもっと仲を深めて。

「こちょこちょこちょ」

「うひひっ！」

　一番苦手な腋《わき》の下を攻められて、脳内妄想《もうそう》が一気に吹き飛んだ。脊髄《せきずい》反射で逃げまどって、腋を閉めつつ振り返る。手をワキワキさせた紬《つむぎ》がそこにいた。

「本当に弱いんだねぇ。飛び跳《は》ねるアリサちゃん可愛《かわい》い」

「くすぐったいのは本当ダメなの。昔、叔母《おば》……母の妹なんだけど、私の面倒《めんどう》見るのに、お人形扱いして事あるごとにくすぐってきて……」

「大人ってそういうことするよねぇ。わたしもひよりちゃんが可愛いからついつい笑わせたくなっちゃう」

「それからもう本当弱くなったのよね。手をワキワキさせるの見るだけでぞわぞわする。トラウマだわ」

「アリサちゃんの幼少期って本当に可愛かったんだろうね。その叔母さんの気持ちわかる気がする」

半年に一回くらい私の様子を見に来るから、涼真のことを知ったら全部喋《しゃべ》らされるんだろうな……。組み伏せて、逃げられないようにして徹底的に笑わせてくるから本当に無理。想像するだけで震えてくる。

まぁそれはいいわ。

「それで何？　着替えたなら早く戻りましょ。涼真を待たせてると思うし」

「それなんだけど。アリサちゃん、涼真と一緒にいたいでしょ。わたしがひよりちゃん連れて帰るから二人でデートしなよ」

「ふえ⁉」

紬からの提案にびっくりする。

「な、なんで。そもそも紬、あなたも涼真のこと好きなんでしょ！」

「うん、好きだよ。アリサちゃんに負けないくらい好きなつもり」

「だったら」

「でも涼真はアリサちゃんしか見えてないから」

紬は悲しそうな顔をする。

「今日の一件もあって、やっぱりアリサちゃんには敵《かな》わないってわかったから。多分わたしが涼真にアプローチしても困らせるだけだし、好きだって言っても多分負ける。負けるのは嫌なんだよねもう」

「紬……」

「だからアリサちゃんは早く涼真と付き合うべきなの。わたし応援するから！」

紬のその言葉、嬉《うれ》しく思うと同時に申し訳なさも感じた。涼真と紬は幼馴染《おさななじ》み。その幼馴染みの枠《わく》の外から奪い取ろうとしてるのに紬は私にも優しい笑みを浮かべてくれる。

「わたしはアリサちゃんのことも大好きだから。ずっと友達として仲良くしたいよ」

「ええ、私もよ。ありがとう紬」

紬は笑顔で続けた。

「だから涼真と早く付き合って！　そして二年くらい付き合って倦怠期《けんたいき》に入って別れてくれるのが一番かな！」

「は？」

何か流れ変わった気がする。

「その時になったらわたしが涼真に寄り添うの。やっぱり幼馴染みが一番だって。涼真の側《そば》にはわたししかいないって思わせられたらいいなぁ。円満に破局すれば、わたしはアリサちゃんと仲良いままだし、涼真とも付き合える。一番嫌なのがずるずる引きずってなかなか付き合わないことだね。だからアリサちゃん。がんばって今日涼真と結ばれてね！」

「紬、やっぱりあなた、同性をイラっとさせる天才だわ」

「なんで!?」

こういうところなんだろうなって思う。心《こころ》もたまにわけのわからないこと言ってイラつかせるから似たもの同士なんだろう。今度二人を引き合わせて、お互いの性格の悪さを認識させたい。

紬とひよりちゃんは裏口から出てもらい、私は一人、涼真のところへ向かった。これから涼真と二人きり。

思い切って家に誘おうかな。見た目にも気を遣《つか》って、外で待っている涼真に声をかけた。

「可愛いな……」

ドキリとする言葉に胸が躍《おど》る。けど……涼真の知り合いらしき人が近づいて状況は一変する。

「そいつはな！　好きな女子にストーカー行為をして、記憶喪失《そうしつ》になるくらいの大怪我《けが》を負わせたんだよ！　同じ中学の奴《やつ》みんな知ってるぜ。そいつは超ド級のクズだってな！」

「それって」

「彼の言ってることは事実だよ」

涼真がそんなことをするなんて思えなかった。でも涼真は否定せず事実だと答えた。頭の中がぐるぐるする……。

涼真の好きな人？　怪我させた？　超ド級のクズ？　目の前の性格の悪い男は嬉しそうな顔

で私たちに近づく。涼真を蔑《さげす》むのが目的なんだろう。

「中学の時、此花《このはな》姉妹っていう仲の良い双子《ふたご》姉妹がいてよ。気の強い姉と気の弱い妹、でも仲良しでめちゃくちゃ美人だった。こいつはその妹の方にちょっかいをかけたんだよ」

涼真の中学時代のことを知るのは平沢くんだけだ。私も雫《しずく》も知らないし、幼馴染みの紬も小中学時代は会っていないと言っていた。

「そんで事件は起きた。こいつが妹の方を呼び出して、二人きりになって、そしたら妹が記憶を喪失するほどの大怪我をしたんだ。今も記憶が戻らなくて苦しんでるってよ。全部コイツが悪いんだよ」

涼真は無言のまま何も答えない。

「それなのにおまえだけが楽しそうにこんな美人と遊びやがって。此花姉妹に悪いと思わねぇのか、なぁ小暮!」

「……」

「何とか言ったらどうなんだ!」

涼真は口を開いた。

「うん、陽菜《ひな》のことを忘れたことはないよ。その事実を受け止めて、罰《ばつ》を受けているつもりだ」

陽菜……。その子が涼真が好きだった子なの。私はどうすればいいの。私は……。

「此花姉妹は人気あったからな。姉は生徒会長だったし人気者だった。妹を傷つけたこいつは全校生徒の敵になった。それだけのことをしたんだコイツは！」

「……」

「あ、一人だけいたな。何でか知らねぇけど」

男の口から開いたその言葉は私の悩みを一変させるものだった。

「平沢獅子だけがコイツを庇《かば》ってやがった。なんで庇うかねぇ」

男は私の方を向く。

「だからこいつと仲良くしない方がいいぜ。へへ、なんだったら俺が代わりにあんたと……」

「うざい」

「へ？」

「何なのあなた。うざったい言葉をべらべらと、気持ち悪い」

「はぁ!?」

「私の涼真に適当なこと言わないで」

私の言葉に目の前の男は激高《げっこう》する。

「適当だと！　全部事実だぞ。こいつが此花妹を傷つけたのは事実！」

「だから何よ。そんなの知らないし。そもそも平沢くんが涼真を庇ったんでしょ。なら涼真は悪くないわ。平沢獅子は大嫌いだけど人を見る目は本物よ。悪くないってわかってるから涼真を庇ったの」

「……アリサ！」

俯《うつむ》いていた涼真が私を見つめる。驚いたような表情を浮かべていた。

まさかって思ったのかも。悔《くや》しいけど涼真を一番知ってるのは平沢くんだわ。幼馴染みが大好きなのは私も同じ。

幼馴染みが間違ってることをしたなら全力で正すし、間違っていないなら全力で庇う。平沢獅子が庇う時点で涼真は絶対間違ってないって確信できる。

涼真はなおもびっくりしたような目で私を見ていた。中学の時、その女子の姉のせいで全校生徒から責められたのかしら。だから女子に対してあんな敬語口調で距離を取るようになってしまったのか。私は戸惑《とまど》ってる男を睨《にら》む。

「そもそも、その話おかしくない？　涼真と二人きりの時に事件が起きて、妹さんが記憶喪失になったんでしょ。妹さんは記憶喪失だし、涼真以外の誰がその事件の内容を知って広めたのよ」

「此花姉が言ってて……。あの人は小暮《こぐれ》をめちゃくちゃ嫌ってたから」

「じゃあその姉がわざと涼真が悪く思われるように噂《うわさ》を広めたんじゃないの」

「……」

涼真は目を伏せた。この事件、多分裏があるわ。

「でも！　小暮は認めた！　それが事実って認めたじゃねぇか」

「事実はそうでも真実はそうとは限らないでしょ」

私は涼真の手を握る。

「涼真は優しいからその真実を隠すために嘘《うそ》を事実とした。私にはそう思えるわ。だって……涼真はずっと優しくて誰かのために一生懸命な人だもの。人をむやみに傷つけるようなことは絶対にしない」

私の手を握り返す涼真の手の力が強くなる。

「私は涼真を信じてる！　誰よりも優しくて格好《かっこう》いい涼真が大好きだから」

そのままの勢いで男を睨みつけた。

「そもそもまったく関係ないあなたが涼真を罵倒《ばとう》する意味って何？　噂に踊らされてみっともないわね。どうせよく考えず美人の双子姉妹のためにいい格好しようとしてたんでしょ。恥ずかしい行為だし最低だわ。超ド級のクズってのはあなたみたいなのを指すのよ。二度と私たちに話しかけないで」

「んだと！」

男は怒り、私に摑《つか》みかかろうとしてきた。手を上げられようと絶対に屈したりしない。だけど男の手は寸前で止められた。

男の手を摑んだのは涼真だった。

「僕は何を言われてもいい。だけど……アリサに手を出すなら許さない」

「いてててっ、ちくしょう！」

男は手を無理矢理放し、距離を置く。近くにいた男の知り合いが声をかけてくる。

「もう止《や》めとけって、騒ぎになるから」

「くっそっ！」

涼真の気迫にたじろいだのか男たちは逃げるように去って行った。私としては一発ぶん殴りたかったんだけど……。

何かむかつくなぁ……。涼真をあんな風に悪く言うなんて。何が超ド級のクズよ。クズさだったら私の方が充分クズよ！

そんなことを考えていたら突然、手を引っ張られ……。

「アリサ」

私の名を呼ぶ声と共に、私は抱きしめられていた。

「涼真、大丈夫……えっ」

すごく力強いハグ……嬉しいはずなのに。涼真は震えていた。

「ごめん、怖い思いをさせてしまった」

「……」

「でも嬉しかった。獅子以外で信じてるって言ってくれたの、アリサだけだから」

「あの男が初めてってのは気に食わないけど……うん、本心だから」

そのハグは本当に力強くてとても心地よかった。私も涼真の背中に手を回す。あんな言われ方をした、私の大好きな人を慰《なぐさ》めたいと思ったからだ。

「やっと涼真からハグしてくれた。嬉しい……」

「待たせて本当にごめん。僕に勇気が足りなかった」

涼真の声色《こわいろ》は本当に優しかった。

「アリサの言う通り……事実と真実は違っている。でも僕はその事実を変えるつもりはないんだ」

「……それが涼真の選択なんだね」

「だからその事実に基《もと》づいて罰を受けなきゃいけない」

「うん」

それが涼真の選択なんだったら仕方がない。でもそれってとても辛《つら》い選択だと思う。本当は涼真は悪くないってことなんでしょ。それでは幸せになれないじゃない。私はそれを口にするか迷ってしまった。

「でも僕にも欲が出てきてしまったんだ。逃げてばかりだったけどその欲を叶《かな》えるために嘘の罰に向き合おうと思う」

「欲？　欲ってなに」

涼真は少しだけ体を離して、私と向かい合う。背の高い涼真を見上げると彼は笑顔を見せた。

「アリサを好きでいること」

「へ……」

「僕はアリサのことが好きです。だから罰と向き合って乗り越えた後に僕の恋人になってくれませんか」

その唐突《とうとつ》な告白に驚いて、私は真剣な表情の涼真の瞳《ひとみ》を見続けた。時間にして数分だろうか。真面目《まじめ》で凜々《りり》しい涼真の額《ひたい》から徐々《じょじょ》に汗《あせ》が出て、慌《あわ》て始める。

「ちょっと唐突だったよね！　でもその……アリサに信じているって言われたことが本当に嬉しくて。勢いでその告白を！」

「ふふっ」

慌てる涼真の姿があまりに可愛くて、その告白された嬉しさを超えて笑みが出てしまった。ちょっと悪いなと思ったけど……だって凄《すご》く可愛かったんだもの。すぐに返答しなきゃ。嬉しさに瞳から涙が出てしまった。

でも返答する言葉は一つしかないのだから。

「ええ、もちろん。私も涼真のことが大好きだから」

その日、まだ完全に結ばれたわけじゃないけど……、想いは通じ合ったと思う。

エピローグ

Tetsubito Jusu Presents
Illustration by Tantan

あの日から少し時間が経《た》った月曜日の朝、僕はこの場所へ来ていた。部活の朝練もなく、早起きする必要なんてまったくないんだけど、きょろきょろと周りを見渡すとその女の子が畑の世話に精を出していた。

「大月《おおつき》さん、おはようございます」

「おはよう小暮《こぐれ》くん」

僕はこの朝、大月さんに会いに来た。

「わたしも小暮くんも彼氏彼女持ちなんだから不用意に別の女の子に会いに行っちゃダメだよ」

「獅子《れお》にはちゃんと言いましたよ。それにアリサとはまだ完全に付き合ってるわけではなくて……」

アリサとの関係性は親友を超えたが、まだ恋人にまではいけていない。

「呆《あき》れた。もう両想いなんでしょ。気にせず恋人って公言したらいいのに」

「まだダメです。僕がやろうとしていることにアリサを巻き込みたくないんです」

「アリサなら進んで巻き込まれに行くと思うよ」

「知ってますよ。でも立場が恋人と親友では違ってくる。此花《このはな》姉は陽菜《ひな》……、いえ妹のためなら何だってする人ですから。アリサが恋人と知ったら手を出してくるかもしれない」

大月さんは大きく息を吐いた。

「まぁいいか。実質付き合ってるようなものだもんね。完全に落ち着くのはまだ先かもしれないけど……。アリサの嬉《うれ》しそうな顔を見たらほっとした。ほんと良かった」

大月さんは安堵《あんど》の息を吐く。ずっとアリサを傷つけたって悩んでたもんな。これで少しは気が晴れただろうか。

あの後、結局僕とアリサはすぐに解散となった。お互いに想いを確かめる時間が必要だったと思う。一応夜、ラインで話をしたから夢の話ではないのだけど……。

「これでアリサの写真はもう送らなくていいよね」

「え」

「え、って何。これからは本人に頼めばいいでしょ！　小暮くんの大好きな胸を強調させたエッチなポーズとかやってくれるし」

「そんなこと言えるわけないだろ！」

「大丈夫だよ。小暮くんが頼めば何でもやってくれるよ。ちょろいし」

「な、なんでも……」

「わたしの前でドスケベなこと考えないでね。気持ち悪いから」

言いたい放題言ってくれる。でもそういうことはちゃんと恋人になってからだと思っている。

まぁアリサから迫ってきたら……いや、我慢《がまん》してみせる。

「ちゃんとスキンを常時持たせておかないと心配すぎる……」

大月さんがいらぬ心配をするがこんな話をしに来たわけじゃない。

僕が今日、大月さんに話そうと思ったのは先日プールのお昼ご飯の時、とあるワードが出てきたからだ。正直スルーしようと思っていたけど……こうなってしまった以上もうここしかない。

「ウチと隣町の高校との合同文化祭。大月さん、そこの実行委員会に参加するって言ってたじゃないですか」

「言ったね。それが何か関係あるの？」

「その高校の生徒会長の名前、もう一度言ってもらえませんか」

「あのすっごく綺麗《きれい》な人だよね。此花咲夜《さくや》さんだっけ……。あ、もしかして」

「そうです。此花財閥《ざいばつ》の令嬢で僕が通ってた中学の生徒会長でもありました。そして僕が中学の時に傷つけたとされる女の子、此花陽菜の姉でもあります」

最初この話を聞いた時は静かにしていようと思った。そうすればきっと気づかれることなんてないから。

でも僕はこの罪を乗り越えるって決めたんだ。僕を信じてくれるアリサや獅子のためにも。

「つまり小暮くんを実行委員会に参加させればいいんだね。立候補者が少なくて誰か知り合いを呼んでくれって言われてるから多分何とかなると思う」

「ありがとうございます」

「獅子くんやアリサには一回目が終わるまでは内緒だね。紬《つむぎ》さんにも手伝ってもらおうか。味方は多い方がいいし」

「ええ、あの二人を参加させると大きく燃え上がると思うので、一回目は止《や》めましょう」

「でも隠せるのは一回だけだよ。どうせすぐにバレるから」

その通りだ。此花咲夜と会って、今の陽菜の状況を聞く。おそらく荒れることになると思う。けど……もう逃げるわけにはいかない。

「ありがとうございます、大月さん」

「……獅子くんとアリサのためだよ。って言いたいとこだけど、わたしも無関係じゃなくなりそうだし……。そうだね。こうなった以上、もうそんな他人行儀じゃなくて良くない？」

大月さんはまっすぐ僕を見た。

「君のことは正直気に食わないところもあるけど……、良いところはわかってるつもりだからわたしも応援させてよ。ね、涼真《りょうま》くん」

そうだな。もう彼女は正直、親友の恋人とか、恋人(仮)の親友とかそんな助詞をつける関係じゃない段階に入った。僕は彼女に手を差し出した。

「頼む雫《しずく》さん。僕に力を貸してほしい。他ならぬ僕の親友として」

獅子とアリサと紬。そして雫さんと共に僕は事実となった罪に立ち向かってみせる。そして全《すべ》てを解決した後、アリサにもう一度ちゃんと好きだって気持ちを伝えるんだ。

あとがき

またお会いできましたね、鉄人《てつびと》じゅすです。

今回のあとがきは二ページを頂きましたのでこの想いを語りたいと考えています。

この作品の肝《きも》は仲良しの幼馴染《おさななじ》みが自分と近い性格の異性を好きになるラブコメ。獅子《れお》が雫《しずく》を好きなり、アリサが涼真《りょうま》を好きになる。これが面白《おもしろ》さポイントでしょうか。本人と同じ性格の異性に対してはやや敵対関係となり、マウントを取ってしまう。

涼真と雫の関係は著者が作品を書いていく中で一番楽しかった場面だったりします。ラブコメはどうしても女の子を出してしまうと主人公に好意を抱く展開にした方がやりやすいです。でも雫は絶対に涼真には靡《なび》かないし、涼真もまた雫には絶対靡きません。落ちない者同士の掛け合いを二巻では多く入れたので楽しんで頂けたのであれば嬉《うれ》しいですね。

当初、雫は少しずつフェードアウトの予定で小暮《こぐれ》くん、大月《おおつき》さんの間柄《あいだがら》から進むつもりはありませんでした。ですが二人のやりとりを書くのが楽しすぎたのである意味、雫もメインヒロインなのかもしれません。主人公に落ちないけど作品を彩《いろど》る形のヒロインですね。

二巻で登場する紬《つむぎ》もヒロインの一人ではありますが、当初はアリサと対等にするつもりはありませんでした。

対等にするにはやはり一巻から出す必要がありますし、二巻からの登場で対等にするとどうしても負けヒロインにしかなりませんからね。でも、太もも太めのヒロインとして作品を盛り上げるキャラにはなれたかなと想います。

そしてメインヒロインのアリサ。ほんと可愛《かわい》いキャラに仕上がったなと自負しております。たん旦《たん》様のイラストが完璧《かんぺき》すぎるのもあるんですがとにかくどこ見ても可愛いです。あんな子に好かれたら、著者だったら心の傷なんて一瞬で癒《い》えてしまいますね。

幾多《いくた》のイベントを経て、涼真との絆《きずな》は確かになったと思います。

次の三巻で一通りのイベントが終わる予定です。過去との決別も合わせてアリサとただイチャイチャする話も書きたいなって思います。

三巻を出したないなぁ……最後まで書きたいなと本当に思います。


ここまで応援してくださった読者の皆様に感謝を！　二巻を制作にあたって相談させて頂き支えてくださった編集の蜂須賀《はちすか》様。そして一巻同様、夏制服がまた可愛い最高のカバーイラストを描いてくださったイラストレーターのたん旦様。本当にありがとうございました。

次で決着のつく三巻で再び出会えることを信じて、これからも頑張っていきます！

鉄人じゅす

ダッシュエックス文庫

学校一の美少女と親友同士の恋愛相談に乗っていたら、
いつのまにか彼女が誰よりも近い存在になってた件2

鉄人じゅす

2024年10月30日　第1刷発行

★定価はカバーに表示してあります

発行者　瓶子吉久
発行所　株式会社　集英社
〒101−8050　東京都千代田区一ツ橋2−5−10
03(3230)6229(編集)
03(3230)6393(販売／書店専用) 03(3230)6080(読者係)
印刷所　TOPPAN株式会社
編集協力　蜂須賀隆介

ISBN978-4-08-631573-9 C0193